Jan Cornelius

Narrenstück

oder

Das Wundern des Dolmetschers beim Betrachten der Welt

Jan Cornelius

Narrenstück

oder

Das Wundern des Dolmetschers beim Betrachten der Welt

Roman

Edition Voss · Horlemann

Bibliographische Information der Deutschen Nationalbibliothek:
Die Deutsche Nationalbibliothek verzeichnet diese Publikation in der Deutschen Nationalbibliographie; detaillierte bibliographische Daten sind im Internet abrufbar: http://dnb.d-nb.de.

Die Namen einiger Personen wurden aus Personenschutzgründen geändert.

Satz & Layout: Stephan Moritz
Umschlaggestaltung: Till Kaposty-Bliss
Druck: Clausen & Bosse, Leck
ISBN: 978-3-89502-348-4

www.horlemann.info

für Carmen

Ich fände den Westen besser,
wenn er im Osten läge.

Chico Marx

»Ich fürcht mich nicht ein bißl vor diesen Herrn«, verkündete Schwejk, »wie ich beim Militär gedient hab, hat mich ein Tierarzt untersucht, und es is ganz gut ausgefalln.«

Jaroslav Hašek:
Die Abenteuer des braven Soldaten Schwejk

Vorwort

Ich saß in einem Kölner Café. Ein hochgewachsener, etwas hektisch wirkender Mann mittleren Alters nahm an meinen Tisch Platz, und wir unterhielten uns ein wenig über das Wetter. Irgendetwas irritierte ihn offensichtlich an mir, und ich wusste auch, was es war: Mein Akzent war ihm wohl von Anfang an aufgefallen, und nun hatte er ein Problem. Er konnte mich trotz sorgfältiger Beobachtung überhaupt nicht einordnen. Schließlich fasste er sich ein Herz und fragte mich:

»Wo kommen Sie denn eigentlich her?«

»Ich komme aus Düsseldorf«, sagte ich.

»Das meine ich nicht«, sagte er. »Ich meine: Was sind Sie denn für ein Landsmann?«

»Ich bin Deutscher«, antwortete ich.

»Aus Russland?«

»Njet.«

»Aus Polen?«

»Auch nicht.«

Wir spielten so eine Art Quiz: Wer bin ich und wo komme ich eigentlich her? Ich war Quizmaster und Gegenstand des Ratens zugleich. In diesem Ratespiel war ich schon geübt, denn ich spielte es beileibe nicht zum ersten Mal. Immer wieder wurde ich bei einer neuen Begegnung spontan dazu aufgefordert, und jedes Mal war es der gleiche Ablauf: Frage, Antwort, Frage, bis der Name meines Herkunftslandes ans Licht kam.

»Sie rollen das R so!«, sagte mein Gegenüber. »Aber Sie sind bestimmt kein Spanier.«

»Richtig«, antwortete ich. »Ich bin kein Spanier.«

Er musterte meine Gesichtszüge, meine Kleidung. Es war nicht einfach für ihn.

»Sind Sie aus Kroatien?«, fragte er.

»Falsch.«

»Aus Tschechien?«

»Auch nicht.«

Da er keinen Anrufjoker hatte und die Frage auch nicht tauschen wollte, gab er sich schließlich geschlagen: »Dann sagen Sie es doch endlich, ich weiß es nicht.«

»Ich kam vor 35 Jahren aus Rumänien«, sagte ich.

»Ach so«, meinte er. »Na klar, für einen Rumänen sprechen Sie aber ziemlich gut Deutsch.«

»Deutsch ist meine Muttersprache. Ich bin Deutscher«, sagte ich.

»Und was machen Sie denn beruflich?«

Zumal ich absolut keine Lust auf eine neue Quizrunde hatte, rückte ich mit der Antwort direkt heraus: »Ich bin Dolmetscher. Aber ich schreibe auch Bücher. Und ich arbeite für den Rundfunk.«

»Für den Rumänischen?«

»Nein, für den Deutschen.«

»Auf Deutsch?«

»Ja.«

»Dann haben Sie sich aber gut hier eingelebt. Und fahren Sie jedes Jahr nach Budapest?«

»Nein, wieso?«

»Sie haben doch bestimmt Heimweh.«

»Budapest liegt in Ungarn«, sagte ich. Auch weil ich meinen Kaffee ausgetrunken hatte, stand ich auf. »Ich muss jetzt langsam gehen. Also, machen Sie's gut. Tschüss!«

Ich begab mich zur Theke, wo es nach Eis, Kuchen und frisch gemahlenem Kaffee duftete.

»Es riecht hier richtig gut«, bemerkte ich. »Was muss ich denn zahlen?«

»2,70 Euro«, sagte die Frau am Tresen.

Ich gab ihr drei Euro. »Der Rest ist für Sie«, meinte ich.

»Danke schön«, sagte die Frau und lächelte. »Darf ich Sie etwas fragen?«

»Nur zu.«

»Sie rollen das R so. Was sind Sie denn für ein Landsmann?«

»Ich komme aus Rumänien«, machte ich es diesmal kurz.

»Ach so«, meinte die Frau und lächelte. »Dann kennen Sie ja bestimmt den Grafen Dracula…«

Go West!

Go West
Go, ooh, go, yeah
Go West
Go, ooh, go, yeah
Go West
Go, ooh, go, yeah

Village People

Brautigan I

1976 schrieb ein amerikanischer Humorist ein Buch über einen anderen amerikanischen Humoristen, der ebenfalls ein Buch geschrieben hatte. Aber da gab es noch eine ganze Reihe von anderen Gemeinsamkeiten zwischen dem wirklichen und dem von ihm erfundenen Humoristen: Beide lebten in der Zeit, in der sie die erwähnten Bücher schrieben, in Japan, waren restlos unglücklich verliebt in eine hübsche Japanerin und versuchten hartnäckig, ihren seelischen Absturz in Brandy zu ertränken, was ihnen aber nicht gelang.
Im Buch des wirklichen amerikanischen Humoristen kam auch noch ein Sombrero vor, der irgendwo in Amerika einfach vom Himmel gefallen war und dadurch eine nationale Katastrophe auslöste.
Der amerikanische Humorist hieß Richard Brautigan, der fiktive Humorist aus seinem Buch hatte jedoch keinen Namen. Das Buch war ein kleiner Roman und es hieß »Sombrero vom Himmel. Ein japanischer Roman«.
Ich heiße Jan Cornelius und bin keine fiktive Gestalt. Ich lebte 1976 noch in Rumänien, wo mir durch einen glücklichen Zufall dieses Buch in die Hände fiel. Die

skurrile, absurde Art des amerikanischen Humoristen über wichtige Dinge zu schreiben gefiel mir so gut, dass ich gerne viel mehr von ihm gelesen hätte. Was mir aber nicht gelang. Die damalige rumänische Regierung hielt Geschichten von amerikanischen Humoristen, die in Japan viel zu viel Brandy trinken und ihre Zeit damit verbringen über Liebe, Unglück und Sombreros, die vom Himmel fallen zu schreiben, für sehr gefährlich. Sie lenkten ihrer Ansicht nach vom dauerhaften Glückszustand des real existierenden Sozialismus ab und waren aus diesem Grunde verboten.
Da mir so viel Glück auf die Dauer jedoch unheimlich lästig wurde, kehrte ich Rumänien den Rücken und auf abenteuerlichem Wege landete ich schließlich in Düsseldorf. Das war 1977.
Ein Freund aus meiner Heimat hatte mir vor meiner Ausreise erzählt, dass es in München einen Schriftsteller gäbe, der sämtliche Werke Richard Brautigans ins Deutsche übersetzt habe. Er hieß Günter Ohnemus, und ich musste ihn unbedingt sprechen. Ich erfuhr seine Rufnummer aus einem Telefonbuch und rief ihn an und zwar aus einer öffentlichen Telefonzelle, da ich zur damaligen Zeit weder über ein eigenes Telefon, noch über ein eigenes Zimmer verfügte. Vom Handy ganz zu schweigen, es befand sich damals noch in der lichtjahrelangen Warteschleife der Dinge, die eines Tages noch erfunden werden wollten.

Günter Ohnemus war von meinem Anruf ganz schön überrascht. Er hätte nie gedacht, dass ihn eines Tages jemand, der kürzlich aus Rumänien geflohen war, plötzlich anrufen würde. Aber es war wirklich so.

Jetzt telefonierten wir also miteinander. Das war mein erstes Telefongespräch in der neuen Heimat, und ich musste mich dabei unheimlich kurz fassen, denn ich hatte zwar beschlossen, meine sämtlichen Finanzen in dieses Gespräch zu investieren, aber die bestanden lediglich aus ein paar Groschen. Das gesamte Gespräch dauerte also nicht länger als zwei, drei Minuten, aber wir sprachen währenddessen unter anderem über Rumänien, Deutschland, Sombreros, Humor und amerikanische Schriftsteller, und als mir der letzte Groschen ausging, waren wir uns ganz schön vertraut. Wir waren schon fast befreundet, wenn man es genau nimmt. Goethe hätte in diesem Fall von einer Wahlverwandtschaft gesprochen, aber er war ja bei dieser Zeitrafferfreundschaftsentwicklung nicht dabei.

Und wie sieht es heute nach 35 Jahren mit uns aus? Günter Ohnemus und ich telefonieren immer noch miteinander. Beim letzten Gespräch sagte ich zu ihm: »Ich bin gerade dabei, meine Vergangenheit aufzuarbeiten.«

»Was? Schreibst du jetzt etwa deine Memoiren?«, erschrak er.

»Nein«, sagte ich. »Ich bin ja weder Boxer noch Kanzler geworden. Ich möchte nur ein bisschen etwas erzählen. Ein paar kleine Dinge. Mal dies, mal jenes, darüber wie es mal war oder nicht war, und wie es heute ist oder nicht mehr ist oder eines Tages noch werden könnte. Oder so ähnlich. Und als erstes möchte ich jetzt mal aufschreiben, wie das lief, als ich nach Deutschland kam, und wir zum ersten Mal miteinander telefonierten.«

Er lachte: »Tu das!«

1

1953, als ich drei war, wollte ich Vico Torriani werden. Meine Großeltern in Temeswar, bei denen ich bisweilen wohnte, hörten Abend für Abend Radio Wien, wo der Schlagersänger seine neuesten Hits zum Besten gab. Ich war derart angetan von dieser Musik, dass ich vor dem grün leuchtenden Auge des Grundig-Röhrenradios Stellung bezog und einen Geigenspieler nachahmend mit Torriani begeistert mitträllerte:

»Du schwarzer Zigeuner, du kennst meinen Schmerz,
Und wenn deine Geige weint, dann weint auch mein Herz.«

Das Wort Herz reimte sich schon damals besser als jedes andere auf Schmerz, daran hat sich bis heute nichts geändert.

1956, als ich sechs war, wollte ich Busfahrer werden. Wir wohnten in der aschgrauen Industriestadt Reschitz, in unmittelbarer Nähe der Endstation, dort, wo die Busse um 180 Grad wendeten, um die selbe Strecke wieder zurück zu fahren. Dass man lediglich mit Hilfe eines Lenkrads durch kreisende Armbewegungen ein so riesiges Ding wie einen Bus innerhalb von wenigen Sekunden zu einem radikalen Richtungswechsel bringen konnte, erschien mir als ein großes Wunder. Ich beneidete den Busfahrer um sein Glück, und es versteht sich von selbst, dass ich von nichts anderem träumte, als genau so wie er hoch zu Bus an einem Lenkrad zu sitzen.

1958, als ich acht war, fühlte ich mich jedoch plötzlich zu wesentlich Höherem berufen, und wollte unbedingt Pilot werden, um in einem Flugzeug zu düsen und langgezogene, linienförmige Kreidestreifen an die blaue Tafel des Himmels zu malen.

Und 1961, mit elf, griff ich bereits nach den Sternen, denn ich entschloss mich zu einer Kosmonauten-Karriere. Kosmonaut war die sowjetische Bezeichnung für Raumfahrer, und weil Juri Gagarin 1961 mit der Rakete Wostok 1 als erster Mensch ins Weltall geflogen war, eiferte ich ihm enthusiastisch nach.

13 Jahre später, 1974, war ich jedoch weder Kosmonaut, noch Pilot oder Busfahrer geworden, sondern einfach nur Französischlehrer in Anina, einem grauen Provinzstädtchen in den West-Karpaten, wo die Füchse sich gute Nacht sagten und ewiger Stillstand herrschte.

Es war ein tristes Bergarbeiter-Städtchen, wo die Gegenwarts- und Zukunftsaussichten genau so schwarz waren wie die in den Minen gewonnene Steinkohle. Ich kam mir vor wie eine Statue in einem metaphysischen de-Chirico-Gemälde, die auf ewig dazu verdammt war, auf ein immenses, zeigerloses Zifferblatt zu starren. Kein Wunder also, dass ich jetzt wieder davon träumte, in ein Flugzeug oder in eine Rakete zu steigen, diesmal aber, um damit schnurstracks in die Lichterstadt Paris zu fliegen und mein Leben um 180 Grad zu wenden.

Ich wäre freilich für mein Leben gerne sogar zu Fuß nach Paris gegangen, oder nach Rom oder auch nur nach Rommerskirchen.

Meinem akuten West-Fernweh widersetzte sich jedoch der rumänische Staat, der mich angeblich für den Aufbau des Kommunismus benötigte. Als Französischlehrer am Arsch der Welt. Und nicht nur als Französischlehrer, man wollte mich zudem noch als Literaturübersetzer beschäftigen, obwohl ich in dieser Hinsicht über keinerlei Erfahrungen verfügte.

Ein Spitzel hatte der rumänischen Geheimpolizei, der Securitate, gemeldet, dass ich an dem Buch ›Das Archipel Gulag‹ von Alexander Solschenyzin interessiert war. Solschenyzin saß damals in Russland im Gefängnis, weil er gewagt hatte, solche Werke wie diesen Roman über die Grausamkeiten des Kommunismus zu Papier zu bringen. ›Das Archipel Gulag‹ war im Osten verboten und gerade in Frankreich auf Französisch erschienen, und ich wollte es von einem Bekannten namens Croitoru ausleihen, der es nicht lesen konnte, weil er kein Französisch verstand. Croitoru wohnte in meiner Nähe, und er war auf Umwegen in Besitz des Gulag-Archipels gelangt, wie er mir kürzlich in einem Café zugeflüstert hatte. Er hatte es vor ein paar Tagen von einem Bekannten bekommen, der es wiederum von einem Franzosen in Temeswar bekommen hatte, der es seinerseits nach Rumänien eingeschmuggelt hatte. Ich hatte schon des Öfteren bei ›Radio Free Europe‹ von diesem Buch gehört und brannte vor Neugier, es zu lesen.

Aber nun hatte dieser Spitzel offensichtlich das Gespräch im Café zwischen Croitoru und mir belauscht und mein Interesse für Solschenyzin der Securitate gemeldet, und da saß ich nun in einem Raum des Polizeigebäudes, ein Offizier saß mir gegenüber, sah mich mit einem süßlichen Lächeln an und stellte mir allerhand Fragen.

Er duzte mich, was mich aber nicht überraschte. Wer war ich Normalsterblicher schon im Vergleich zu ihm.

»Soso«, sagte der Offizier. Er hatte grau-wässrige Augen, einen Stiernacken und einen hervorstehenden Bauch. »Du möchtest also ›Das Archipel Gulag‹ lesen. Ich habe gehört, dieser Mann würde ganz schlimme Dinge über uns schreiben.«

»Welcher Mann?«, fragte ich und tat überrascht.

»Wie, welcher Mann? Solschenizyn. Dieser Drecksack möchte, dass unser sozialistischer Staat vor die Hunde geht.«

»Was?«, staunte ich. »Das höre ich jetzt zum ersten Mal. Danke, dass Sie es mir gesagt haben.«

»Also, jetzt pass mal gut auf!«, entgegnete er. »Ich mache dir einen fairen Vorschlag. Nimm dieses Buch von Croitoru und lies es. Und übersetze es für uns. Damit ist die Sache für uns gegessen.«

»Ich soll es lesen und übersetzen?«

»Genau. Damit auch wir sehen, was dieser Typ über uns denkt.«

Das Buch hatte über 400 Seiten. Es war Alarmstufe eins, er meinte es wirklich ernst.

»Verstehen Sie mich bitte nicht falsch«, sagte ich. »Aber jetzt, wo Sie mir klargemacht haben, wer dieser Solschenyzin in Wahrheit ist, möchte ich mit diesem Buch nichts mehr zu tun haben. ›Das Archipel Gulag!‹ So ein Mist!«

»Willst du mich etwa verarschen?«, sagte er. Er beugte sich ruckartig nach vorne, und sein Bauch stieß dabei heftig gegen die Tischkante.

»Nein, überhaupt nicht. Ich dachte, das wäre ein Buch über eine mir unbekannte Inselgruppe. Und ich habe mich schon immer für Geographie interessiert.«

»Machst du dich über mich lustig?«, schrie plötzlich der Offizier.

»Nein«, entgegnete ich höflich.

Es ging noch einige Zeit auf diese Art weiter, man versuchte mich mal sanft, mal weniger sanft einzuschüchtern. Doch um es kurz zu machen: Schließlich kam ich mit einem blauen Auge davon, also nur mit der Angst. Man ließ mich irgendwann laufen, und akzeptierte volens nolens meine Ablehnung, als Literaturübersetzer zu arbeiten.

Aber was ich damals unter heftigem Druck nicht durchführen wollte, das tue ich heute aus freien Stücken. Ich übersetze Romane. Natürlich nicht für die Securitate, sondern für deutsche Verlage, aus dem Rumänischen ins Deutsche.

Das Problem dabei: Bücher, die in Rumänien spielen, stoßen hier in Deutschland nur auf mäßiges Interesse, es sei denn bei dem Protagonisten handelt es sich um Dracula höchstpersönlich.

Vielleicht hätte ich doch lieber Schlagersänger werden sollen, wie Vico Torriani.

2

Mein Freund Werner aus Köln erzählte mir kürzlich, er sei einmal Anfang der 70er als Oberstufenschüler in der DDR gewesen, auf Klassenfahrt.

»Beim Passieren der Grenze in den Osten ist ein Grenzsoldat in den Bus gestiegen«, so Werner, »und hat einen meiner Mitschüler höhnisch gefragt: »Was verstecken Sie denn unter dieser komischen Frauenmähne? Dabei zeigte er verächtlich auf dessen Hippie-Frisur.«

»Ich sage es Ihnen, aber nur, wenn Sie mir verraten, was Sie unter ihrer Mütze verstecken«, so die Antwort des Schülers.

»Obwohl diese Erwiderung grölendes Gelächter im Bus hervorrief«, erzählte mir Werner, »wusste der Zöllner leider weder den Witz noch die Schlagfertigkeit des Jungen zu schätzen und erteilte umgehend nicht nur ihm, sondern uns allen eine eigenartige Belehrung. Das heißt, der Bus musste auf die Standspur fahren, und wir durften uns drei geschlagene Stunden lang nicht fortbewegen.«

»Seid ihr denn alle bescheuert?«, brüllte uns der vor Wut rasende Busfahrer nach dem Ausstieg des

Zöllners an. Und anschließend hielt er uns eine lange Predigt über unsere grenzenlose Dummheit und deren sichtbare Konsequenzen, was wir wiederum ganz prima fanden, denn dadurch verging die lange Wartezeit an der ostdeutschen Grenze etwas schneller.«

Ich hatte in den 70ern sogar noch viel mehr Pech als Werner, denn ich wollte ja nicht wie er die Grenze vom Westen in den Osten passieren, sondern umgekehrt. Und dafür musste man damals wesentlich länger als nur drei Stunden warten. Denn man hatte zu dieser Zeit im Osten zwei wichtige Bedingungen zu erfüllen, um eine Ausreisegenehmigung in ein westliches Land zu erhalten: Man musste mindestens 80 Jahre alt sein und hatte unbedingt eine handgeschriebene Erklärung vorzulegen, dass die Eltern mit diesem Reisevorhaben einverstanden waren.

In den Westen zu reisen, war ziemlich utopisch, es sei denn, man war ein Glückspilz, wie der sowjetische Kosmonaut Juri Gagarin. Bei einem staatlichen Glücksspiel gewann er eines Tages tatsächlich eine Reise in die Vereinigten Staaten, worauf einer seiner Landsleute Radio Eriwan misstrauisch fragte:

»Ist es wahr, dass der Kosmonaut Juri Gagarin eine Reise in die USA gewonnen hat?«

»Im Prinzip ja«, antwortete Radio Eriwan, »aber es war nicht der Kosmonaut Juri Gagarin, sondern ein Rentner, und er hieß nicht Juri, sondern Oleg, und auch nicht Gagarin, sondern Gaganoff und es war nicht in die USA, sondern nach Kiew und er hat keine Reise gewonnen, sondern ein Fahrrad und er hat es auch nicht gewonnen, sondern es wurde ihm gestohlen!«

Ich wollte auf Grund meiner leidenschaftlichen Frankophilie zu Freunden nach Grenoble fahren, die ich eines Sommers in Temeswar kennen gelernt hatte. Also reichte ich einen Ausreiseantrag ein, und ich bin mir ziemlich sicher, die Behörde hat sich darüber scheckig gelacht.

Wo will der Junge hin?

Nach Frankreich?

Ha, ha, köstlich! Der hat vielleicht Ideen!

Doch dieses spontane, herzhafte Lachen soll jetzt keineswegs über die Wahrheit der damaligen Zeit hinwegtäuschen. Es war beileibe nicht so, dass man mich als Ausreisewilligen nicht ernst nahm. Ganz im Gegenteil. Nach lediglich einer Woche ließ man mich bei der zuständigen Polizeistelle antreten und teilte mir in einem überaus freundlichen Ton mit: »Überhaupt kein Problem, Monsieur! Sie wollen nach Frankreich reisen, so dürfen Sie es auch tun. Schon morgen können Sie Ihre Koffer packen, um sich nach Grenoble aufzumachen. Sie müssen uns vorher nur noch kurz nachweisen, dass Sie über ausreichend Devisen verfügen.«

Man zieht immer wieder über die damalige Ostblockdiktatur her, aber eins muss man ihr auf jeden Fall lassen: Sie kümmerte sich wirklich um ihre Bürger, und daher konnte sie keineswegs zulassen, dass man in einem wildfremden, westlichen Land mit leeren Taschen, wie ein Clochard antanzte.

In einer meiner Schubladen lagen tatsächlich fünf Dollar, also Devisen. Die hatte mir mal ein deutscher Tourist aus München für meine Reiseleiterdienste am Schwarzen Meer zugesteckt, aber ich erwiderte knapp, ich würde über keinen einzigen Cent verfügen, denn ich war ja nicht blöd. Wer Devisen besaß, machte sich strafbar und durfte künftig nicht einmal mehr nach Bulgarien reisen.

Das absurde Theater fand eben nicht nur in den Dramen Ionescos statt.

Und so musste ich mir mangels Devisen, die man gar nicht besitzen durfte, die Reise nach Frankreich abschminken.

Nun lebe ich seit gut 35 Jahren in Düsseldorf und reise oft zwischen Ost und West hin und her. Ich habe wohl ein Pendlergen, denn wenn ich im Westen bin, finde ich es im Osten besser und umgekehrt. Am wohlsten fühle ich mich letztendlich im Flugzeug, im Auto oder im Zug. Durch die frühere Ost-West-Grenze hatte ich zwar Dauerstress, aber die heutige Reisefreiheit macht mir wiederum auch ganz schön zu schaffen.

3

Meine Mutter ist 90. Sie lebt seit über 20 Jahren in Niedersachsen, auf dem Land. Sie ist gleich nach der Wende von Rumänien nach Deutschland gezogen, woher ihre Vorfahren wiederum vor gut 200 Jahren nach Rumänien ausgesiedelt waren. In Rumänien war meine Mutter schon längst allein geblieben, alle ihr Nahestehenden sind inzwischen gestorben oder ausgewandert.

In ihrem hohen Alter erfreut sich meine Mutter immer noch guter Gesundheit. Auch wenn sie nicht mehr so schnell wie früher laufen kann, schafft sie es immer noch problemlos, von ihrer Wohnung bis zur evangelischen Dorfkirche zu gehen, die sich drei Straßen weiter befindet. Dort nimmt sie jeden Freitag an einem Frauenkreistreff teil. Beginn 17 Uhr, Ende offen. Die Frauen dort sind meistens um die 80 und älter.

Sie sitzen zusammen, reden über Gott und die Welt und trinken dabei ein Glas Wein, ein Stamperl Likör oder auch mehrere, jede bringt etwas zum Zuprosten mit.

»Wo gab es denn so etwas früher bei uns in Rumänien, dass Frauen zusammen kommen und trinken?

Da tranken nur die Männer«, sagt meine Mutter. Sie kann so etwas auch heute nicht gut heißen und trinkt daher gar nichts, bis auf die zwei, drei Gläschen Melissenlikör täglich, aber nur selbstgemachten, der hilft gegen Beinschmerzen.

Die Ärzte kann man ja alle in der Pfeife rauchen, also hilft man sich selbst.

Einige Frauen aus dem Kreis trinken Ratzeputz, das ist ein 58-prozentiger Ingwerschnaps. Den kann meine Mutter überhaupt nicht vertragen, höchstens zwei Gläschen davon, dann ist aber auch Schluss. Wirkt wirklich Wunder bei Magenbeschwerden, und danach ist einem sogar das miserable Wetter hier völlig egal. Wo gab's denn früher in Rumänien so viel Regen?

Außerdem gibt es beim Frauentreff auch noch Kaffee und Kuchen. Die trinken hier den Kaffee eimerweise, sagt meine Mutter. Wo gab's denn so etwas bei uns früher, man trank bei uns bloß Kaffee-Ersatz. Man kriegte ja keinen richtigen Kaffee, den tranken nur Ceauşescu und seine Bande. Aber was die hier veranstalten ist auch nicht normal, so viel Kaffee zu trinken, das kann ja nicht gesund sein. Davon steigt bei mir immer der Blutdruck, und dagegen muss ich jetzt regelmäßig diese Tabletten einnehmen. Die tun mir nicht gut!

Und dann erst der Kuchen, den diese Frauen mitbringen: »Die machen hier den Kuchen oft mit Süßstoff, das schmeckt nach gar nichts«, sagt meine Mutter.

Sie zieht es vor, selbstgebackenen Kuchen zu essen, den sie mit Zucker versüßt, aber natürlich nur dann, wenn ihre Blutzuckerwerte in Ordnung sind.

Und wenn nicht, dann auch, aber was soll's.

Manchmal sieht meine Mutter fern, aber nur dann, wenn ihre Lieblingssendungen laufen. Das sind unter anderem alle Vormittagsserien, alle Nachmittagsdokus, sämtliche Quizsendungen und alle Koch-, Reise- und Gesundheitssendungen, um nur das Wichtigste aufzuzählen.

Oft laufen mehrere ihrer Lieblingssendungen gleichzeitig, dann muss sie hin- und herschalten, aber zum Glück gibt es dafür die Fernbedienung. »Früher gab's keine Fernbedienung«, sagt meine Mutter, »früher musste man immer aufstehen, um umzuschalten.«

Das war aber auch gut so, weil man dadurch etwas für die Beine tat.

Heute sitzt man stundenlang auf der Couch, und davon schmerzen einem dann die Beine. Aber dagegen hilft zum Glück Melissenlikör.

4

Auf den deutschen Autobahnen passieren manchmal recht merkwürdige Dinge. Mal liegen dort laut Verkehrsmeldungen Möbelstücke herum, mal jault ein vergessener Rasenmäher auf der Überholspur auf.

Es gibt sogar Fälle, wo Kinder auf der Standspur spielen, fröhlich und sorgenfrei.

Glückliches Deutschland!

1987 saß ich im Auto unterwegs nach Duisburg, als ich bei den Verkehrsmeldungen im Rundfunk hörte, dass ein Reisender sich von Düsseldorf nach Köln über die A59 aufgemacht hatte, und zwar mit dem Fahrrad.

Wer in aller Welt war denn auf diese Idee gekommen, fragte ich mich, doch als ich später das Abendessen zusammen mit meinem Vater einnahm, berichtete er mir zu meiner Überraschung, dass er das gewesen war.

Er lebte damals mit meiner Mutter in Temeswar, war seit einer Woche in Düsseldorf zu Besuch und fand diese Stadt großartig. Vor allem die vielen Gehwege ganz ohne Schlaglöcher und die extra ausgewiesenen Fahrradwege hatten es ihm schwer angetan. Mit meinem holländischen Rad fuhr er sie unermüdlich auf und ab, solange ich bei der Arbeit war.

Er konnte gar nicht genug davon bekommen, und so war er an jenem Tag auf der A 59 gelandet.

Da sich zu diesem Zeitpunkt ausnahmsweise mal weder verlorene Schränke, Tische oder Betten noch spielende Kinder auf der Fahrbahn befanden, kam er recht gut voran, und den wild hupenden Autos um ihn herum winkte er fröhlich zu.

Er schaffte es in Nullkommanichts, wieder an seinen Ausgangspunkt zu gelangen, weil ihn eine Polizeistreife nur wenige Minuten nach seinem Start anhielt, um ihn mit dem Dienstwagen mitzunehmen und zu uns nach Hause zu bringen. Er fand die beiden Polizisten völlig in Ordnung, denn beim Aushändigen des saftigen Bußgeldbescheids, für den ich anschließend aufkam, hatten sie ihm freundlich zugelächelt.

Aber mein Vater wunderte sich hierzulande nicht bloß über die schlaglochfreien Fuß- und Radwege, sondern auch über die Eingangstür der Apotheke in der Fußgängerzone, die sich jedes Mal, wenn er daran vorbeiging, ganz von allein weit öffnete.

So viel selbstverständliche Höflichkeit war er überhaupt nicht gewohnt, in Rumänien öffneten sich die Türen nur schwer, vor allem die Türen der Behörden. Und die Polizisten lächelten nie, ganz im Gegenteil, sie schauten einen immer an, als wäre man ein potentieller Verbrecher.

Trotzdem hielt mein Vater es in Düsseldorf nicht lange aus und beschloss nach nur zwei Wochen, nach

Temeswar zurück zu kehren, obwohl er mindestens vier Wochen für seinen Aufenthalt eingeplant hatte.

»Hier bin ich bloß ein Fremder«, sagte er, »und ich fühle mich fehl am Platz. Aber zu Hause kennt mich jeder, sogar die Steine auf der Straße wissen, wer ich bin.«

»Und sogar die Schlaglöcher«, feixte ich, doch er war für meine Ironie unempfänglich.

Er kehrte also nach Temeswar zurück, mit einer Kreissäge, die ihm zur Vervollständigung seines Geräteschuppens noch gefehlt hatte.

Ein Jahr später fuhr ich im Juli nach Temeswar, um meine Eltern wie jedes Jahr zu besuchen.

Ich saß in meinem klapprigen Opel-Rekord, und als ich mich drei Stunden nach dem Passieren der ungarischen Grenze dem Elternhaus näherte, traute ich meinen Augen nicht. Am Ende der Straße, auf der Spitze eines zehn Meter hohen Holzstrommastes am Wegesrand erblickte ich meinen Vater, der mir heftig zuwinkte.

Es war schlicht unglaublich! War er etwa in einem Anfall von Ungeduld auf diesen Strommast geklettert, um weit in die Ferne nach meinem eintreffenden Auto Ausschau zu halten? War er aus lauter Sehnsucht nach dem ausgewanderten Sohn völlig durchgedreht? Mitnichten. Denn, wie er mir nach der Begrüßung und den freudigen Umarmungen erklärte (er roch stark nach Teeröl, ebenso wie der Strommast), herrschte auf dieser Straße seit fünf Tagen Stromausfall. Und weil die Stadt trotz wiederholter Beschwerden der betroffenen Bewohner nicht einmal im Traum daran dachte, einen Elektriker vorbei zu schicken, hatte sich mein Vater kurzerhand entschlossen, die Reparaturen selbst in die Hand zu nehmen. Er war zwar eigentlich Schlosser, doch er schaffte es trotzdem, den Stromausfall zu beheben.

Nun konnte man also während meines Aufenthalts abends wieder das Licht einschalten, besser gesagt, eine einzige Glühbirne, denn mehr als eine Glühbirne pro Haushalt war per Staatsdekret aus Energie-Spargründen nicht erlaubt. Rumänien war zutiefst verschuldet, und der womöglich sogar aufs Klo mit dem Hubschrauber fliegende Diktator hatte das Volk zum Energiesparen verdonnert. Im Winter hatte man die Zentralheizung per Regierungsbeschluss immer wieder über einen längeren Zeitraum abgeschaltet, und um die Situation angeblich erträglicher zu machen, hatte man im Wetterbericht höhere Temperaturen genannt, als die, die herrschten.

Das Leben war eine groteske Posse, mit Zittern und Zähneklappern.

»Dieser Mistkerl!«, schimpfte mein Vater. »Wenn ich nur sein Ende noch miterleben dürfte.«

Kontrolleure liefen jetzt nachts durch die Straßen, und meldeten bei der Behörde jedes unerlaubt angezündete Lichtlein, das sie entdeckten. Aber natürlich nur dann, wenn sie wegen der weit und breit herrschenden Finsternis nicht in eins der unzähligen tiefen Schlaglöcher fielen und sich das Genick brachen, zur großen Freude der im Dunkeln-Sitzenden.

»Dein Vater ist nicht ganz bei Trost«, erklärte mir meine Mutter besorgt beim Abendessen, während er sich mit der Kreissäge unter dem riesigen Nussbaum auf dem Hof zu schaffen machte und seinen tiefen

Frust an einem unschuldigen Stück Holz ausließ. »Wäre er vom Strommast gestürzt, hätte ich vergeblich den Notdienst angerufen. Sie hätten die Ambulanz nie und nimmer vorbeigeschickt.« Denn mein Vater war bereits 67, und Noteinsätze gab es seit einiger Zeit nur noch für Leute bis 65. So schlug man gleich zwei Fliegen mit einer Klappe: Man sparte nicht nur Sprit, sondern auch noch die künftige Auszahlung der Rente.

Alles war bestens organisiert.

»Der Müllwagen kommt jetzt nur noch einmal im Monat, aus Spargründen«, berichtete mir mein Vater.

»Und wie kommt ihr damit klar?«, fragte ich erstaunt.

»Ganz prima.«, antwortete er. »Denn es gibt ja kaum noch Abfälle. Weil es nichts mehr zu kaufen gibt, hat man auch nichts mehr zum Wegwerfen.«

Das musste man der Regierung schon lassen, sie hatte wirklich an alles gedacht.

Wir schrieben das Jahr 1988, und ein Jahr später, im Dezember, ist dann der Diktator gestürtz worden. Mein Vater war zwei Monate zuvor an Krebs gestorben.

Da meine Mutter kein Fahrrad fuhr, schenkte sie sein Fahrrad meinem Onkel Dinu.

»Vergelt's Gott!«, bedankte sich dieser.

Er ist danach jahrelang damit gefahren, tagaus, tagein, im festen Glauben, dass mein Vater sich dadurch simultan des Radfahrens im Jenseits erfreuen würde.

Wenn dem so gewesen sein sollte, kann ich nur inständig hoffen, dass er im Himmel die Autobahnen gemieden hat.

5

1953, als *Generalissimus* Stalin, der Machtinhaber der Sowjetunion, verstarb, wurden im ganzen Land Trauerveranstaltungen verordnet. Alle Werktätigen hatten sich schmerzerfüllt auf dem Zentralplatz ihres Wohnortes einzufinden und ihr Leid durch zahlreich vergossene Tränen zu bekunden.

Die Werktätigen wollten jedoch nicht weinen, sie schauten bloß betrübt drein, aber das hatten sie auch vorher schon getan, Dank des toten Diktators. Bloß die von der kommunistischen Partei verordneten Claquere schluchzten allesamt auf Kommando und skandierten den Namen des Toten im Chor.

Und ich, das muss ich jetzt leider zugeben, habe mich diesem Chor angeschlossen und aus Leibeskräften mitgerufen: *Sta-lin! Sta-lin*! Aber das tat ich nicht etwa, um mein Leid auszudrücken, sondern aus purer Freude über das dargebotene Spektakel.

Ich war damals drei Jahre alt, saß auf den Schultern meines Vaters, der mich gar nicht mehr beruhigen konnte, und sich bei jedem meiner Freudenschreie verängstigt umsah. So hat meine Karriere als Dissident begonnen.

1965, als ich in der achten Klasse war, kam eines Tages der Schulleiter in den Klassenraum und sagte: »Kinder, gestern Abend ist Genosse Gheorghe Gheorghiu-Dej, der rumänische Staatspräsident, von uns gegangen. Heute fällt der Unterricht aus.«

Und so brach ich abermals in Freudengeschrei aus, zusammen mit meinen Mitschülern, denn an diesem Tag standen uns zwei schwierige Klassenarbeiten bevor.

Dadurch wurden wir alle zu Dissidenten, für eine halbe Minute lang, was uns allerdings ganze drei Stunden Nachsitzen bescherte.

Gheorghiu-Dej wurde nach seinem Tod von Nicolae Ceauşescu abgelöst, der sich in den folgenden Jahren zu einem durchgeknallten Diktator entwickelte. Er schaltete und waltete nach Herzenslust und machte das Land zu einem Riesengefängnis. Und das Schlimmste dabei war, dass er sich bis auf seine fortgeschrittene Paranoia bester Gesundheit erfreute.

Mit anderen Worten, es gab keinerlei Aussicht auf einen Machtwechsel.

Denn das haben Diktatoren so an sich: Sie weigern sich systematisch die Macht abzugeben, es sei denn, sie geben den Löffel ab.

Im heutigen Osteuropa sieht es ganz anders aus. Rumänien zum Beispiel ist heute eine Demokratie, und der Präsident wird von der Bevölkerung heiß geliebt, laut eigener Aussage.

Meine rumänischen Freunde erzählen zwar eher das Gegenteil, aber so ist das eben mit den Präsidenten:

Man muss sie nicht lieben, sondern respektieren. Schade nur, dass auch das in Rumänien nicht der Fall ist.

In Weißrussland oder Russland hingegen respektiert man die Präsidenten, und wählt sie daher immer wieder ins Amt, mit einer überwältigenden Mehrheit. Vergessen wir jetzt Mal die Massenproteste wegen Wahlfälschung. Die sind nicht echt.

Wer es nicht glaubt, der sollte die entsprechenden Präsidenten fragen.

6

Mit vier Jahren hatte ich ein Problem: Erwachsene durften machen, was ihnen durch den Kopf schoss, ohne deswegen Ärger zu bekommen, aber wenn mir einmal etwas Besonderes einfiel, sah es ganz anders aus. So hörte ich eines Tages ein ganz komisches Wort, dessen Bedeutung mir völlig fremd war: *Horizont.*

»Mama, was ist der Horizont?«, fragte ich meine Mutter, und sie erklärte mir, es sei die Stelle, wo Himmel und Erde aufeinander träfen. Das fand ich derart faszinierend, dass ich auch dahin wollte, und zwar sofort. Worauf meine Mutter lachte und erwiderte, es würde den Horizont in Wirklichkeit gar nicht geben.

»Klar«, protestierte ich, »zuerst gibt es den Horizont, aber wenn ich dahin will, dann gibt es ihn natürlich nicht mehr!« Und bereits am nächsten Tag beschloss ich, mich auf eigene Faust auf den Weg zu machen und als meine Mutter auf der Straße in einer wie immer leeren Vitrine nach Ware Ausschau hielt, dabei einen Moment nicht aufpasste und meine Hand losliess, schoss ich los. Ich lief und lief bis zur nächsten

Straßenecke, wo meine Mutter mich jedoch leider einholte und zurück nach Hause brachte.

Das war mein erster Trip in die Fremde, der kläglich scheiterte.

Die zweite Fernreise sollte erst 23 Jahre später stattfinden. Doch diesmal zog ich nicht mehr zu Fuß los, ich hatte meine Lektion gelernt. Ich fuhr mit dem Zug davon, Richtung Frankreich, setzte mich dabei aber bereits in Karlsruhe ab, von wo aus ich eine befreundete Familie aus Essen anrief, die mich mit unendlicher Wärme und Großzügigkeit für eine Weile bei sich aufnahm.

Diese Familie stammte wie ich aus Reschitz und bestand aus meiner ehemaligen Latein- und Klassenlehrerin Lydia Tirier, ihrem Mann Karl, der die Musikschule in Reschitz geleitet hatte, und ihren zwei Söhnen, Christian und Michael, die derzeit beide an der Universität studierten. Karl war vor fünf Jahren aus Rumänien geflüchtet, so ähnlich wie ich jetzt, und hatte die restliche Familie nachgezogen.

Die vier Tiriers waren die einzigen Menschen, die ich damals in Deutschland kannte.

Lydia und ich hatten während meiner ganzen Schulzeit einen guten Draht zueinander gehabt, und inzwischen waren wir eng befreundet.

Als ich nachts um halb drei aus einer Telefonzelle am Karlsruher Bahnhof Lydia dreimal mit Nachdruck versicherte, ich befände mich nun wirklich in Deutschland, gingen bei ihr alle Alarmglocken an.

Sie kannte mich gut und dachte, ich sei durch meine Dünnhäutigkeit aus lauter Verzweiflung über meine Lebensumstände plötzlich verrückt geworden.

Sie war fest davon überzeugt, ich würde sie mitten in der Nacht aus Reschitz anrufen und bei mir wären sämtliche Sicherungen durchgebrannt.

Sie konnte einfach nicht glauben, dass ich einen Pass bekommen hatte.

Ich, ehrlich gesagt, auch nicht.

7

Die Umstände meiner Ausreise waren recht sonderbar und schlicht unglaublich gewesen.

1977 arbeitete ich seit drei Jahren nicht mehr in Anina, sondern in Reschitz.

Nach dem Unterricht erteilte ich zweimal die Woche Gigi, dem Sohn des stellvertretenden Bürgermeisters aus Reschitz, Nachhilfe in Französisch, bei ihm zu Hause. Meine Kollegin Lucia hatte mir diesen Unterricht vermittelt. »So etwas kann heutzutage nicht schaden, könnte ja sein, dass du eines Tages Hilfe von oben brauchst,« hatte sie mir zugeflüstert.

Lucia, eine kleine, quirlige junge Frau, war Mathelehrerin auf der selben Schule wie ich, und sie bestach durch ihre glasklare Logik. Sie war ein absolutes Ass in Wahrscheinlichkeitsrechnung, nicht nur im Bereich der Zahlen, sondern auch in dem der Zukunftschancen.

Ich nahm ihr Angebot dankend an, denn ich litt nun seit knapp zwei Jahren unter nur mit schwerer Mühe verheimlichten Angststörungen, Panikattacken und Depressionen und konnte eine neue Zukunftsperspektive dringend gebrauchen.

8

Was nur meine Familie und mein enger Freund und Arbeitskollege Balthasar wussten: Als ich vor einem halben Jahr langfristig in der Schule gefehlt hatte, war es in Wirklichkeit nicht um einen schlimmen Bandscheibenvorfall gegangen. Ich war nervlich zusammengebrochen, und man hatte mich Anfang Oktober in die Psychiatrische Klinik in Gattaja eingeliefert. Dort wiederum hatte man mich fünf Wochen lang in einem Zimmer mit sechs anderen Patienten untergebracht, mit Psychopharmaka vollgestopft und dann wieder entlassen, abgestumpft wie ein Zombie und benebelt, als hätte ich nur Watte im Kopf gehabt.

Das Krankenhaus in Gattaja bestand aus mehreren klobigen Gebäuden und lag weit außerhalb der Stadt, von einem weitläufigen Eichen-Buchen-Mischwald umgeben. Die Alleen zwischen den Häusern waren verwildert, überall wucherten Kletten, Brennnesseln, Dornengewächse und Pusteblumen, deren weiße Samen wie tausende von winzigen Fallschirmen einer Mini-Armee im Dauerangriff, durch die Gegend schwebten. Der gesamte Komplex plus Umgebung waren ein einziges düsteres Kunstzitat: Wie in Hitchcocks Streifen ›Die Vögel‹ sammelten sich hunderte von krächzenden Krähen auf den Stromkabeln vor dem Eingangstor, und im Inneren des Gebäudes kam ich mir vor, als wäre ich zu einem der Patienten in Tschechows Novelle ›Krankenzimmer Nr. 6‹ mutiert. Die Wände waren schmutzig, die weißgraue Farbe der Metallschränke und -betten blätterte zusehends ab, und aus dem langen, dunklen Flur, in dem permanent kalter Durchzug herrschte, drangen der modrige Küchengestank und der faule Geruch der toten Herbstblätter bis in den hintersten Winkel des kalten Krankenzimmers hinein.

Fünf meiner Mitpatienten lagen die meiste Zeit apathisch im Bett und blickten teilnahmslos ins Leere, lediglich ein ellenlanger, klappriger Typ Anfang 40 stand des Öfteren auf und schlurfte in den gemeinsamen Waschraum am Flurende. Dort starrte er unendlich lange in den großen Wandspiegel über dem ewig tropfenden Wasserhahn. Er hieß Ion. Auf meine Frage, ob ihm diese langanhaltende, sich immer wiederholende Selbstbetrachtung mit der Zeit nicht doch etwas eintönig werde, antwortete er irritiert: »Warum denn das? Das ist doch genau so, als würde ich mir ein tolles Programm im Fernsehen anschauen.«

Ich sah ihn überrascht an und skizzierte ein komplizenhaftes Lächeln.

Aber Ions Gesichtsausdruck blieb unverändert, ihm war überhaupt nicht nach scherzen zumute.

Er meinte es bitter ernst.

Und wenn ich ein wenig überlegte, hatte er ja sogar recht: Im Vergleich zu dem, was man rund um die

Uhr im Staatsfernsehen vorgesetzt bekam – ausschließlich hochtrabende Lobeshymnen auf den verrückten Diktator – war das, was in Ions ganz individuellem Fernsehgerät ausgestrahlt wurde, tatsächlich ein spannendes Programm voller Abwechslung.

9

Wie klein die Welt doch ist: Letzte Woche besuchte ich meinen Freund Adrian in München und lernte bei ihm Dana aus Temeswar kennen. Sie ist ungefähr so alt wie ich, und wie sich bei unserer Unterhaltung herausstellte, arbeitete sie in der Zeit, als ich in der Klinik eingeliefert war, ganz in der Nähe von Gattaja, in der Kleinstadt Hatzfeld, dicht an der rumänisch-serbischen Grenze, an dem örtlichen Gymnasium als Matheleherin. Damals verlief dort die Grenze zu Jugoslawien.

Dana erzählte mir, sie sei zwei-, dreimal wöchentlich zwischen Hatzfeld und Temeswar mit dem Zug gependelt, weil in Temeswar ihre Familie wohnte.

»Wenn der Zug in Hatzfeld einfuhr«, so Dana, »haben Grenzsoldaten jedes Mal die Ausweise derer, die dort ausstiegen, peinlichst genau kontrolliert. Wenn sie nicht zufriedenstellend erklären konnten, was sie an diesem Ort zu suchen hatten, nahm man sie umgehend fest. Ich hatte in Hatzfeld ein günstiges Zimmer bei einer allein lebenden alten Witwe, in einem schlichten, niedrigen Bauernhaus am Stadtrand gemietet, dahinter erstreckten sich unendliche

Mais- und Weizenfelder, die kein Fremder betreten durfte. Die Witwe, eine Banater Schwäbin, deren Verwandte alle schon längst in Deutschland lebten, hatte sich in ihrem Haus eingeigelt und ließ mich die drei Fensterläden zur Straße nie öffnen. Nachts wurde ich oft vom Rattern der Maschinengewehre aus dem Schlaf gerissen. Alle wussten, dass man dann draußen auf den Feldern auf Flüchtlinge schoss, der Tod lauerte in der Dunkelheit überall. Es waren meist junge Männer, die verzweifelt ihr Leben aufs Spiel setzten, um in den Westen zu kommen, denn Jugoslawien ließ die Leute nach Österreich ziehen und schickte keinen nach Rumänien zurück. Einigen gelang die Flucht, die meisten jedoch wurden von den Grenzposten erschossen oder festgenommen und zu Tode geprügelt. Man trat sie mit Füßen und schlug mit Knüppeln und Gewehrkolben auf sie ein, bis alles Leben aus ihnen wich, und danach brachte man sie mit einem Lastwagen nach Hause, in einem zugenagelten Sarg, den die Angehörigen unter Strafandrohung nicht öffnen durften. Manchmal fuhr ich aus Hatzfeld zu meiner Familie nach Temeswar und mit mir im Zugabteil saßen Männer, deren Hände auf dem Rücken gefesselt waren, mit entstelltem Gesicht und von Wunden übersäten Armen in Begleitung von Grenzsoldaten.«

Als Dana mir das alles erzählte, begann sie plötzlich zu weinen. Dann fing sie sich aber wieder und bat mich, sie dafür zu entschuldigen. Sie sei nun selbst von ihrer heftigen Reaktion überrascht, denn seit damals seien über 30 Jahre vergangen.

Auch meine Großeltern in den 60ern und danach meine Eltern in den 70ern, die in Temeswar ins Haus meiner verstorbenen Großeltern eingezogen waren, erzählten bisweilen im Flüsterton unfassbare Horrorgeschichten von vor Trauer und Schmerz für immer gebrochenen Nachbarn, deren erwachsene Kinder Richtung jugoslawische Grenze verschwunden waren und ein, zwei Tage später in einer klapprigen, zugenagelten Bretterkiste wieder nach Hause kamen.

10

Eines Tages bekam ich unerwarteten Besuch in der Klinik. Ich lag auf dem Bett und zählte in Gedanken die vielen Krähen, die dicht aneinandergedrungen auf labyrintisch miteinander verstrickten imaginären Drahtnetzen saßen, als plötzlich die Tür aufging und mein Vater ins Zimmer trat. Er hatte mich einen Tag vorher in Reschitz besuchen wollen und durch Carmen von meinem jetzigen Aufenthaltsort erfahren. Er war mit seinem sowjetischen grün-blauem IZH-49-Motorrad aus Temeswar gekommen und hielt eine riesige prallgefüllte Plastiktüte in der Hand.

Nachdem er sich schnellstens vergewissert hatte, dass er sich völlig normal mit mir unterhalten konnte, entspannten sich seine Gesichtszüge, und in seinen Augen blitzte das Licht der Erleichterung auf. Gott sei Dank, ich ähnelte nicht den zwei Verrückten, die er unten in der Allee gerade getroffen hatte. Der eine hatte sich für eine ausrangierende Dampflokomotive gehalten, der andere für einen Kriegsgeneral im Einsatz.

»Junge, was ist denn mit dir los?«, fragte er und durchbohrte mich mit seinem Blick.

»Ach, vergiss es«, winkte ich ab, »ich bin einfach nur restlos übermüdet und brauche ein wenig Ruhe. Und da ich gut mit einem Nervenarzt aus Reschitz befreundet bin, hat er mich für eine Weile hier her geschickt.«

Er nickte nachdenklich, so ganz glaubte er mir dann aber doch nicht.

»Junge, Junge, ich wusste gar nicht, dass du so schwache Nerven hast. Aber pass mal auf, ich habe dir gut drei Kilo Walnüsse und ein Glas Honig mitgebracht«, sagte er und legte die Plastiktüte auf den kleinen Tisch vor dem Fenster.

»Deine Mutter und ich haben diese Nüsse noch heute früh geschält. Wenn du zwei-, dreimal täglich eine Handvoll Walnüsse mit Honig isst, dann bekommst du Nerven aus Stahl.«

Ich lächelte.

»Glaubst du mir etwa nicht? Es funktioniert auf Nummer sicher.«

Ach, du in rührend naive Denkmuster verstrickter Vater, diese ganzen von der Schale getrennten Walnüsse interessieren mich einen feuchten Staub. Aber ich hatte nicht die geringste Lust auf eine dieser ewigen Kontroversen, also tat ich durchaus dankbar für die unerwartet eingetroffene Medizin.

Etwas später begleitete ich meinen Vater zum Ausgang, wir drehten noch eine kleine Runde und plauderten über Gott und die Welt. Vor dem Eingangstor setzte er den Helm auf und trat zweimal energisch aufs Gaspedal, um das Motorrad zu starten.

Ich blickte ihm hinterher, wie er mit stoisch nach vorne gerichteten Haupt ohne zu zögern davonbrauste.

Die auf den Bäumen und Stromkabeln sitzenden Krähen, die er nach und nach passierte, flatterten eiligst davon.

11

Nun befand ich mich aber nicht mehr in der Klinik, sondern seit einem halben Jahr wieder in Reschitz, doch die Realität war mir nach wie vor ein ziemlicher Alptraum geblieben. Und da ich, wie gesagt, eine neue Zukunft dringend gebrauchen konnte, griff ich bei Lucias Angebot sofort zu und begann Gigi, dem Sohn des stellvertretenden Bürgermeisters aus Reschitz, Französisch-Nachhilfeunterricht zu geben.

Gigi war Schüler in der 7. Klasse. Durch seine struppigen Haare, aber vor allem durch seine chronische Renitenz erinnerte er mich stark an Struwwelpeter, den ich als Kind bei meinen Großeltern kennengelernt hatte, durch ein mir Lust und Schrecken einjagendes Bilderbuch, das immer auf dem Holztisch der Singer-Nähmaschine mit Fußpedale im Wohnzimmer lag.

Gigi hasste alles, was mit Schule zu tun hatte, vor allem die Lehrer. Ganz besonders hasste er aber seine Französischlehrerin. Sie war die einzige, die sich hartnäckig weigerte ihm gute Noten zu erteilen, obwohl sie genau wusste, wer sein Vater war. Und natürlich hasste er auch mich, was mich ziemlich beunruhigte. Denn Gigi hatte ein Luftgewehr mit einem dunklen Nussbaumholzkolben unter seinem Arbeitstisch gelagert, mit dem er für sein Leben gern herumfuchtelte, und zwar dann, wenn er gerade nicht für die Schule arbeitete, was so gut wie immer vorkam. Sein Vater habe diese Knarre von einer Moldawienreise im letzten Sommer mitgebracht und sie ihm am 7. November, dem Tag der Großen Sozialistischen Oktoberrevolution geschenkt, erzählte er mir stolz.

Da ich noch ziemlich jung war und trotz meiner depressiven Phasen an meinem Leben hing, tat ich alles, um Gigi bereits in der ersten Nachhilfestunde davon zu überzeugen, dass ich, trotz meines Lehrerberufs, keine bösen Absichten hegte und ihn beileibe nicht mit venir, partir, avoir, être und ähnlichem Schwachsinn foltern würde. Er habe nichts von mir zu befürchten, solange er den Stahllauf dieser verdammten Kanone nicht mehr auf mich richten würde, versicherte ich ihm inbrünstig. Er ließ sich auf den Handel ein, und im Zuge dieses cleveren Kompromisses kamen wir in den nächsten Monaten prima miteinander klar.

Das Einzige, was Gigi an der französichen Sprache wirklich beherrschte, waren die ersten drei Zahlen, und so saß ich bisweilen auf der Ledercouch unter der zerfledderten Weltkarte in seinem Zimmer und hörte ihm zu, wie er am offenen Fenster mit der Flinte im Anschlag un, deux, trois zählte, und dann auf die im Kirschbaum im Garten sitzenden Spatzen, Tauben, Elstern oder Schwalben ballerte. Zu meiner Erleichterung gingen die Schüsse aber stets daneben, er traf keinen einzigen Vogel, dafür jedoch eines Tages die weißgraue Katze des Nachbarn, die begierig und voller Hoffnung im Schatten des Kirschbaums mit offener, nach oben gerichteter Schnauze, wie im Schlaraffenland auf einen abgeschossenen Vogel wartete.

Manchmal richtete Gigi die Flinte auch auf seine spindeldürre Großmutter mütterlicherseits, die im selben Haus lebte und die Aufgabe hatte, auf ihn aufzupassen, während die Eltern bei der Arbeit waren. Die Alte machte sich meist in der Küche zu schaffen, von wo es oft nach Majoran, Koriander und Pfeffer duftete. »Ich bin der Sheriff«, rief Gigi und nahm seine Großmutter ins Visier. »Hände hoch oder es knallt!«

Als ich dieser Szene zum ersten Mal beiwohnte, wollte ich ganz spontan dazwischen gehen, doch Gigis Großmutter, mit der Weisheit des Alters gesegnet, riss wie auf Knopfdruck die Hände hoch, und so war alles wieder im Lot. Sie hatte schon längst gelernt, dass Widerstand völlig zwecklos war.

Gigis Vater war einer der wichtigsten Männer der Partei und verweilte nur alle Jubeljahre daheim. Er verbrachte die meiste Zeit in Bukarest, auf denen von Ceaușescu einberufenen Konferenzen. Dort erteilte der Diktator unzählige Zukunftsdirektiven und erklärte in dem stundenlangen Monolog eines Irren, was die Bevölkerung alles zu tun hatte, damit sie zu neuen Gipfeln der Glückseligkeit gelangte. Die Anwesenden nickten und applaudierten derart begeistert, dass die heimatliche Trikolore mit dem kommunistischen Wappen nur so flatterte.

An einem Nachmittag nach der Nachhilfestunde kam Gigis Vater unerwartet nach Hause, als ich gerade dabei war, mich von Gigis Großmutter im Flur zu verabschieden. Ich sah ihn zum allerersten Mal. Er war mittelgroß, trug einen grauen Anzug mit Krawatte und eine eckige Brille mit getönten Gläsern.

»Ach so, Sie sind also der Lehrer, der meinem Sohn unter die Arme greift. Was unterrichten Sie denn?«

»Französisch.«

»Und wie macht Gigi sich so?«

»Prima macht er sich, ganz prima. Er ist schon fast ein halber Franzose.«

Seine Augen funkelten zufrieden hinter den halbdunklen Gläsern.

»Ha, toll, es läuft.«

»Und ob! Wenn Gigi ein Ziel vor Augen hat, dann lässt er sich durch nichts und niemanden davon abbringen.«

»Jaja, das hat er von mir. So muss es sein. Er ist nicht immer ganz einfach, aber das liegt dann wohl eher an den Lehrern. Sie verstehen es aber offensichtlich, ihn zu motivieren.«

Ich sah bescheiden zu Boden: »Man tut, was man kann.«

»Also, wenn ich mich irgendwie erkenntlich zeigen kann, lassen Sie es mich bitte wissen.«

»Danke, das ist aber sehr großzügig.«

Ich machte eine kleine Pause, dann nahm ich meinen ganzen Mut zusammen und fügte hinzu: »Wissen Sie, Genosse stellvertretender Bürgermeister, ich bin rundum zufrieden und es fehlt mir an rein gar nichts. Aber da Sie mir gerade dieses nette Angebot gemacht haben, fällt mir doch noch etwas ein: Ich möchte schon seit drei Jahren nach Frankreich reisen, denn ich bin ja Französischlehrer. Und ein französisches

Ehepaar, das ich einmal in Temeswar kennenlernte, lädt mich immer wieder nach Grenoble ein. Ich möchte mich dort ein paar Tage umsehen und ein bisschen die Sprache auffrischen, aber ich weiß nicht, wieso man mich nicht ausreisen lässt. Man hat meinen Antrag bereits dreimal abgewiesen.«

Was erzählst du denn da für ein irres Zeug, dachte ich mir währenddessen. Er wird dich gleich achtkantig raus werfen.

Doch plötzlich entgegnete er: »Gut. Gehen Sie dann bitte übermorgen zur Polizeidienststelle und sagen sie denen, dass ich sie geschickt habe.«

»Zu welcher Polizeidienststelle?«

»Es gibt ja nur die eine, oder?«

»Und?«

»Und dann wird man Ihnen einen Pass ausstellen, in Ordnung?«

Die Zeit stand still. Ich starrte ihn mit halboffenem Mund an, der stellvertretende Bürgermeister war zu einem lebensgroßem Denkmal erstarrt, als allmächtiger Gott aller abgewiesenen Ausreisewilligen.

Eine Woche später, als ich den Pass wie einen zu Papier gewordenen Heiligen Gral in den Händen hielt, stand ich freilich immer noch unter Schock. Im festen Glauben, dass das alles nicht mir widerfuhr und ich nur einen verbotenen Traum träumte, stieg ich 1977, am Freitag, den 17. Dezember, um 22.35 Uhr in einen Zug und fuhr davon. Carmen, meine Frau und Andrea, meine zweijährige Tochter, musste ich in Reschitz als Bürgschaft für meine Rückkehr zurücklassen. Wir hofften aus ganzem Herzen, uns spätestens in zwei Jahren wieder zu sehen, denn im

Rahmen der Familienzusammenführung durften damals Verwandte ersten Grades, so die Behörde wollte, in den Westen nachziehen. Zwei Jahre waren zwar eine unerträglich lange Zeit, aber der Gedanke an eine unendlich zappendustere Zukunft war noch unerträglicher.

Vor Nachbarn, Kollegen und Freunden hatte ich meine Reisepläne in den Westen geheim gehalten. Und sogar vor meinen Eltern. Hatte mir meine von Trennungsängsten gepeinigte Mutter nicht schon damals bei meiner Reise zum Horizont einen unerwarteten Strich durch die Rechnung gemacht?

Im Westen

Unser Sommer ist nur ein grün angestrichener Winter.

Heinrich Heine

12

Prof. Dr. Ion Vianu
La Métairie
Psychiatrische Klinik
1260 Nyon (Schweiz)

Nyon, den 27. Januar 1978

Lieber Herr Cornelius,

verzeihen Sie mir bitte, dass ich erst jetzt Ihren Brief beantworte, aber die Arbeit in der Klinik in Nyon und eine schlimme Grippe haben mich in den letzten Tagen völlig in Anspruch genommen.
Ihr Brief hat mich zutiefst bewegt, weil er tiefes, authentisches Leid zum Ausdruck bringt und darüber hinaus die typische seelische Verfassung veranschaulicht, die unsere Landsleute derzeit dazu bringt, aus ihrer Heimat zu fliehen.
Ich glaube, dass es wichtig ist, dies verständlich zu machen: Wir sind nicht geflohen, weil wir dem Wohlstand des Westens nachjagten, sondern um einem riesigen, trostlosen Gefängnis zu entkommen. Das Schicksal, die Klugheit und die Fähigkeiten eines

jeden Einzelnen könnten ihm weiterhin dazu verhelfen, einen neuen, sinnvollen Lebensweg in der »neuen Heimat« zu finden. (Ich habe diesen Begriff in Anführungszeichen gesetzt, weil die wahre Heimat durch nichts und niemanden ersetzbar ist, im Exil leben wir alle mit einem künstlichen Herzen.)
Sie schreiben von Ihrer Erschöpfung, Ihren immer wiederkehrenden Unruhezuständen, diffusen Ängsten und plötzlichen Panikattacken verbunden mit Todesangst, die in den letzten zwei Jahren häufig bei Ihnen auftraten, und fügen hinzu, dass man jedoch keinerlei organische Störungen bei Ihnen gefunden hätte.
Nach der Lektüre Ihres Briefes würde ich Ihre Krankheit als nichts anderes als einen Ausdruck der Verbitterung und der machtlosen inneren Rebellion gegen die von Ihnen erlebte Realität bezeichnen. Das Echo dieses Befindens hallt noch lange Zeit nach, auch wenn die Landesgrenze schon längst überschritten ist. Und ich glaube nicht an die Behandlungsmöglichkeit dieses Zustands durch medikamentöse Mittel. (Zur vorübergehenden Behebung der Angstzustände und der Schlaflosigkeit sind die von Ihrem Arzt in Essen verschriebenen Arzneimittel jedoch durchaus geeignet.) Was jetzt wirklich zählt, ist, daß Sie alle Ihre Kräfte mobilisieren, um sich eine neue, sinnvolle Perspektive aufzubauen, und dadurch die Folgen dieses schmerzhaften Scheiterns, das der bisherige Teil Ihres Lebens darstellte, auszulöschen. Selbstverständlich spielt dabei auch die Zusammenführung mit Ihrer Familie eine wesentliche Rolle, und der Gedanke, bald wieder mit ihrer Frau und Tochter zusammen sein zu

können, wird sich sicherlich als moralische Stütze für Sie erweisen.
Was Ihre schriftstellerische Tätigkeit betrifft, halte ich es für ungeeignet, alles auf diese Karte zu setzen. Natürlich können Sie nun in Freiheit Ihrer Berufung nachgehen, aber ich möchte Sie ganz offen davor warnen, allzu große Hoffnungen in dieser Hinsicht zu hegen. Der literarische Erfolg hängt hier im Westen nicht allein vom Talent ab, sondern auch von Marktinteressen, und um wirklich vom Schreiben leben zu können, muss man vor allem reißerische, schockierende Werke produzieren. Ich schließe Ihre Fähigkeit, solche Bücher zu schreiben freilich nicht aus, aber ich möchte Sie nur ganz einfach davor warnen, zuviel seelisch dort zu investieren, wo allzu leicht Enttäuschung entstehen könnte.
Sie werden sich auch gegen andere Illusionen wappnen müssen, deren Verlust Sie als schmerzhaft empfinden würden, wie die, der absoluten Freiheit, des leicht zu erreichenden Wohlstands und der Güte und Selbstlosigkeit der Mitmenschen. Nichts von alldem existiert. Aber es gibt jedoch hier für jeden einzelnen verschiedene Zukunftsperspektiven, nach denen man aber aktiv suchen muss, und weniger Angst als drüben.
Verzeihen Sie mir bitte, wenn Ihnen das, was ich Ihnen geschrieben habe, als zu allgemein vorkommt, aber ich denke, dass Sie diese Ratschläge Ihrer Person anzupassen verstehen werden. Auch wenn dies alles nicht allzu originell ist, hoffe ich, dass es Ihnen mehr als ein ärztliches Rezept helfen wird.

In der Hoffnung, daß sich die radikale Lebenswende, die Sie durch Ihre befreiende Flucht eingeleitet haben, möglichst bald vollziehen wird, wünsche ich Ihnen Gesundheit und Erfolg.

In aller Freundschaft,
Ion Vianu

13

Im April 1979, als Carmen und die inzwischen fast vierjährige Andrea mir nach Deutschland nachreisen durften, begab ich mich zum Frankfurter Flughafen, um auf sie zu warten. In dem wöchentlich aus Bukarest kommenden Flugzeug saßen jedes Mal einige Auswanderer aus dem Osten, mit Kind und Kegel. Und mit himmelhohen Erwartungen auf ein sonniges Leben.

»Lass Dich nicht BRDigen!«, las ich unterwegs zum Flughafen auf einer Frankfurter Fabrikmauer aus roten Ziegeln. Doch ganz im Gegensatz zu diesem witzelnden Sponti wollten sich die herbei strömenden Aussiedler offensichtlich ausgesprochen in der BRD und nirgendwo anders unter die Erde bringen lassen.

Mein Freund Hartwig, der vor fünf Jahren über Bulgarien und die Türkei nach Frankfurt geflüchtet war, begleitete mich zum Flughafen. Ich kannte ihn aus Temeswar, wo er Englisch und ich Französisch studiert hatte, und wir uns immerfort nicht nur mit Shakespeare und Voltaire, sondern auch mit den zahlreichen in der Uni-Gegend liegenden Kneipen gründlich auseinandergesetzt hatten.

Hartwig stammte aus Warjasch, einem schwäbischen Dorf neben Temeswar. Die zwei in der Wartehalle neben uns stehenden Männer, die ihn begeistert begrüßten, waren aus Perjamosch ausgewandert. Sie hatten einen Kasten Bier mitgebracht, und nun standen sie gespannt vor dem Ausgang, einen Blumenstrauß in der einen Hand, einen Flaschenöffner in der anderen, und warteten auf ihre Liebsten. Endlich in der Freiheit angekommen, auf deutschem Boden, sollten sich diese erst einmal einen hinter die Binde kippen, und dann noch einen, um Schluck für Schluck herauszufinden, wie berauschend die Freiheit sein konnte.

Nach und nach strömten die Fluggäste in die große Wartehalle, heiße Tränen flossen die Wangen herab und kühles Bier die Kehlen hinunter, nur ich stand mutterseelenallein da und fixierte erwartungsvoll die Ausgangstür, aber vergeblich.

»Nur keine Panik, Carmen und Andrea kommen noch. Solche Pannen passieren immer wieder«, meinte Hartwig, der bereits des Öfteren Bekannte zum Flughafen begleitet und solch dramatischen Szenen beigewohnt hatte.

Plötzlich hallte eine laute, zweifach wiederholte Durchsage durch die Ankunftshalle und forderte mich namentlich auf, mich umgehend zum Informationspunkt im Erdgeschoss zu begeben. Und siehe da, vor dem Info-Desk warteten bereits Carmen und Andrea auf mich, begleitet von einer Mitarbeiterin des Roten Kreuzes. Sie hatte sie bereits an der Gepäckausgabe empfangen und auf Nebenwegen hierher geführt.

Ich lief auf die beiden zu, aber sie sahen mich nicht.

Andrea weinte.

Carmen, über sie gebeugt, redete auf sie ein, und als sie mich dann plötzlich entdeckte, strahlte sie über das ganze Gesicht. Ihr charmantes Lächeln, das ich seit zwei Jahren nicht mehr gesehen hatte, war mir wohl vertraut, wie auch das hübsche Blumenkleid, das ich ihr vor zwei Monaten in einem Paket aus Düsseldorf zugeschickt hatte. Aus diesem Paket stammte wohl auch das grüne Gummibärchen, dessen Kopf Andrea überrascht abbiss, als sie mich vor sich stehen sah. In Wirklichkeit war ich hundertmal größer als auf den winzigen Fotos, die sie so oft gesehen hatte. Das hätte sie nicht erwartet.

Wir umarmten und küssten uns, wie in einem Hollywood-Film mit Happy End, obgleich der Hauptteil des Films gerade erst anfing. Dann begannen wir, uns zu unterhalten.

»In Deutschland musst du aber Deutsch sprechen«, ermahnte die Rote-Kreuz-Mitarbeiterin Andrea. Und meinte damit vor allem meine Frau und mich.

Das Ulkige an der Sache war, dass wir es bereits taten, wir sprachen Deutsch. Schade nur, dass die Rote-Kreuz-Frau es nicht merkte, unser Banater-Bergland-Dialekt kam ihren hessischen Ohren ziemlich Spanisch vor.

So ist das eben mit den Dialekten, bei deren Einordnung kann man ganz schön durcheinander kommen.

Andrea verlor nach ihrer Ankunft in Deutschland rasch ihren fremden Akzent, während bei uns die Sache etwas anders aussah. Erwachsene, die in ein fremdes Land auswandern, verlieren ihren Akzent nie, oder, wie es so schön heißt: Ein Emigrant ist einer, der alles verloren hat, bis auf seinen Akzent.

Aber auch Leute, die ihr Leben lang daheim bleiben, haben es akzentmäßig nicht leicht. Mein Freund Thomas zum Beispiel ist in Düsseldorf geboren und hat diese Stadt noch nie länger als zwei Wochen verlassen. Doch letzten Mittwoch wachte er mit einem rumänischem Akzent auf, den er bis zum späten Nachmittag nicht loswurde. Die Ursache dafür lag im Dunkeln, aber vermutlich hatte es etwas damit zu tun, dass er am Abend zuvor in der *Pizzeria Gargano* aus Eller eine Pizza Frutti di Mare gegessen hatte, mit noch mehr Knoblauch, als die sich vor Dracula schützenden Rumänen.

14

Virgil Tănase
Paris

Paris, den 28. November 1979

Lieber Jan,

ich habe Dir in den letzten Wochen nicht geschrieben, einerseits wegen einer Reihe von grässlichen, zeitaufreibenden Alltagsproblemen, andererseits, weil ich vom Flammarion-Verlag, wo ich Dein Manuskript ja vorgeschlagen habe, bisher noch keine konkrete Antwort bekommen habe. Sie haben zwar positiv auf die zehnseitige ins Französische übersetzte Leseprobe reagiert, wie auch auf das Exposé, aber mehr nicht. Ich wollte die Dinge auch nicht übereilen und die Leute von dort unter Druck setzen, hoffe aber natürlich immer noch, dass sie Dein Buch veröffentlichen. Ich habe gerade heute bei Flammarion kurz reingeschaut, um die entsprechende Lektorin auf Dein Manuskript anzusprechen, aber sie war natürlich nicht in ihrem Büro. Ich möchte freilich auch nichts Falsches machen, weil ich ja nur allzu gut weiß, wie wichtig dieses

Buch für Dich ist. Du kannst Dir sicher sein, daß ich Dich keinen Augenblick vergessen habe, und alles, was in meiner Macht steht, tue, um Dir weiterzuhelfen. Ich habe nun bereits eine neue Idee, denn ich kenne jemanden beim Hachette-Verlag, doch möchte ich vorläufig erst einmal auf Flammarions endgültige Antwort warten.

Vielleicht hilft es Dir ja ein wenig, wenn ich Dir schreibe, daß auch ich unsägliche Schwierigkeiten mit meinen Büchern habe. Mein zweiter Roman ist bis heute noch nicht vollständig ins Französische übersetzt, sodaß er erst frühestens im nächsten Herbst erscheinen kann, also drei Jahre nach der Vertragsunterschrift, fünf Jahre nach dem Einreichen des Manuskripts, und nach noch einmal so vielen Jahre, seitdem ich das Buch geschrieben habe. Wer weiß, wann ich das Buch, an dem ich jetzt arbeite, veröffentlichen werde.

Du suchst, wie auch ich, nach einem Ausweg, und ich denke, lieber Freund, daß der einzige Ausweg in unser Inneres führt, und daß man wohl zum Scheitern verurteilt ist, wenn man sich auf andere verlässt.

Danken wir Gott, dass wir wenigstens unsere Kinder aus der Hölle, in der wir leben mussten, gerettet haben, einer Hölle deren Gestank uns jetzt umhüllt, ob wir wollen oder nicht. Das ist unser Kreuz, also beißen wir die Zähne zusammen und Gott sei mit uns. Da es keine Alternative dazu gibt, müsste uns das alles kalt lassen.

Ich könnte Dir noch eine Menge tröstlicher Dinge schreiben, aber was bringt es, uns gegenseitig zu bemitleiden und uns Ratschläge zu erteilen, über deren Wert wir wohl gut Bescheid wissen, ohne ihnen

jedoch folgen zu können. Lassen wir also alle Hoffnung fahren und marschieren wir vorwärts, wohl wissend, daß das Glück nur ein flüchtiger Gast ist. Seien wir froh, ihm hinterher jagen zu dürfen.
In Erwartung weiterer Nachrichten von Dir, einen herzlichen Gruß auch an Deine Familie. Und wenn es Dir möglich ist, lass wenigstens sie sich auf einen neuen Anfang freuen,
Virgil

15

Drei Jahre nach Virgils Brief sah es mit der erhofften Buch-Veröffentlichung in Frankreich zappenduster aus.

Virgil hatte in der Zwischenzeit wegen seiner fortgesetzten barschen Kritik am Diktator in den westlichen Medien um Haaresbreite mit dem Leben bezahlen müssen. Die Securitate hatte 1982 wie in einem John-le-Carré-Krimi einen Killer mit seinem Töten beauftragt, aber das Ganze war zum Glück im letzten Moment aufgeflogen und hatte sich zu einer Staatsaffäre entwickelt, bei welcher der damalige französische Staatspräsident François Mitterrand höchstpersönlich mitmischte und in einer großangelegten Pressekonferenz dazu Stellung nahm. Am Ende hatte dann der Diktator zahlreiche Federn lassen müssen, und Virgil konnte sich wieder relativ gelassen mit dem beschäftigen, was er über alles liebte: Die Literatur.

Natürlich hatte er alles ihm Menschenmögliche in Bewegung gesetzt, um mein rumänisches Manuskript in Paris unterzubringen, aber auch wenn die Lektoren anfangs noch sehr positiv auf meine Texte reagiert hatten, erteilte man mir zu guter Letzt sowohl bei Flammarion als auch bei Hachette eine elegante Absage. Meine Mega-Geschichte über den Mini-Zwerg, der in einem tiefen Zylinderhut lebte und zwischen den Zeilen einer Buchseite überraschende Abenteuer erlebte, interessierte vorläufig keinen und wanderte schnurstracks in die Schublade.

»Du brauchst Geduld und wieder Geduld, Selbstvertrauen und eine Menge Durchhaltevermögen«, schrieb mir Virgil nun. »Man wird Deine Bücher ganz sicher irgendwann drucken. In Paris oder Berlin oder sonst wo, davon bin ich fest überzeugt. Im Augenblick ist aber alles noch sehr schwierig, weil du aus einer Randsprache kommst. Aber wenn Du eines Tages auf Deutsch schreiben wirst, werden Deine Chancen erheblich steigen.«

16

Auf Deutsch schreiben: Der war vielleicht gut. Schon allein das Ausfüllen eines mickrigen Formulars für das Einwohnermeldeamt gab mir den Rest, denn ich war zwar zweisprachig aufgewachsen, und meine Muttersprache war Deutsch, doch handelte es sich dabei um *Reschitzarerisch*, wie wir es nannten, eine bairisch-österreichische Mundart, ein phonetisches in Reschitz gesprochenes K. und K.-Puzzle, in das eine Menge rumänischer, slawischer und ungarischer Elemente eingedrungen waren. Und damit nicht genug, auch das Oberösterreichische und das Wienerische kamen im Reschitzarerischen zum Zuge, sodass ich bei meinem ersten Wien-Aufenthalt 1980, als ich eines Abends in der Josephstadt, in einem mit waschechten, halbbesoffenen Wienern gefüllten Beisl landete und dort einen über den Durst trank, ein Déja-Vu-Erlebnis erster Klasse genießen durfte. Es war mir, als hätte ich mir in Reschitz die Birne vollgehauen, und ich unterhielt mich mit den halbbetrunkenen Wienern quasi in ihrer Sprache.

Das Wienerische erinnerte mich an das Reschitzarerische und diesem weich-melodischen Reschitzarer

Dialekt wohnte, wie auch den Reschitzarern und den Wienern, ein kauziges Laissez-Faire inne, etwas Subversiv-Hinterfotziges, das jeder Form von Autorität und Wichtigtuerei den Garaus machte. Und nicht selten, wenn sich zwei Reschitzarer unterhielten, meinte man einer satirischen Kabarettvorführung erster Güte beizuwohnen, einem verbalen Slapstick zweier grimassierender Clowns, einer entfesselten Schwejkjade.

Mein Hochdeutsch jedoch war holpriger als die schlimmsten Banater Landstraßen, und sooft ich in einem Anfall von Leichtsinnigkeit und Größenwahn den Versuch wagte, eine Geschichte auf Hochdeutsch zu Papier zu bringen, brach ich mir dabei das literarische Genick. Denn ich hatte in meiner Kindheit die rumänische und nicht die deutsche Schule besucht, weil das der Wunsch meines Vaters gewesen war. »Wenn man es im Leben zu etwas bringen möchte, dann muss man unbedingt die Sprache des Landes, in dem man lebt, perfekt beherrschen«, pflegte er zu sagen.

Er hatte ja verdammt recht, schade nur, dass er sich im Land, in dem ich leben würde, um eintausendfünfhundert Kilometer Richtung Westen geirrt hatte.

Brautigan 2

Im September 1984 schoss sich Richard Brautigan in seinem Haus in Bolinas, Kalifornien, in einem depressiven Anfall die Kugel einer .44 Magnum in den Kopf. Man konnte den Zeitpunkt seines Todes nur ungefähr feststellen, weil man seine bereits verweste Leiche erst einige Wochen später entdeckte. Sie lag vor einem großen Fenster mit Blick auf den in der kalifornischen Sonne funkelnden Pazifischen Ozean.

Ich befand mich zu diesem Zeitpunkt seit bereits sieben Jahren in Deutschland und hatte in dieser Periode einen dreimonatigen Deutsch-Intensivkurs in Mainburg und ein dreijähriges Anglistik- und Amerikanistik-Studium an den Universitäten Düsseldorf und Stirling in Schottland hinter mich gebracht, kombiniert mit diversen Tätigkeiten als Nachhilfelehrer, Möbelpacker, Anstreicher und Türsteher, und nach einer langen Reihe von Prüfungen und einem Bewährungsjahr als Lehrer, unterrichtete ich nun Französisch und Englisch an einer Höheren Handelsschule in Köln. Damit war ich rundum schwer beschäftigt, und auch wenn ich im Unterschied zu Brautigan offensichtlich immer noch lebte und von meinen langanhaltenden Depressionen langsam aber sicher loskam, lag meine Kreativität seit einiger Zeit auf der Intensivstation aller langfristig Schreibblockade-Geschädigten in einem tiefen, wortlosen Koma.

Ich war mit dem Schreiben genau so beschissen dran wie der auftragslose Privatdetektiv C. Card mit seinen Fahndungserfolgen.

C. Card war Brautigans chaotischer Protagonist im durchgeknallten Detektiv-Roman »Träume von Babylon«. Um dem ewig zermürbenden Alltagsfrust ein Schnippchen zu schlagen, hatte C. Card sein ganz persönliches Glücksrezept entwickelt: Er träumte sich mehrmals täglich nach Babylon, ins Jahr 596 v. Chr. Dort wurde er vom König Nebukadnezar empfangen und mit Juwelen überhäuft, und wenn er nicht gerade wie ein Gott in der babylonischen Nationalmannschaft Baseball spielte, spazierte er Hand in Hand mit dem bildhübschen Mädchen Nana-dirat am Euphrat entlang.

C. Card fühlte sich prächtig in Babylon, und da sein Glücksrezept offensichtlich einwandfrei funktionierte, versuchte ich eifrig es anzuwenden. Um dem Unterrichtsfrust an einer Höheren Handelsschule in Köln zu entkommen, träumte auch ich mich davon, wenn auch nicht zurück ins 6. Jh. v. Chr., sondern in die 1940er, nach Aix en Provence. Dort traf ich mich auf der Flaniermeile Cours Mirabeau mit zwei meiner Lieblingsautoren, Jean Giraudoux und Jean Cocteau, im Café Deux Garçons, auf ein Glas Pastis oder Rosé. Wir plauderten im Schatten der Platanen über den Surrealismus und das moderne Theater, und ich beeindruckte die beiden nicht selten durch meine Bonmots, meine Schlagfertigkeit und meine druckreifen

Kommentare. Giraudoux wurde nicht müde, mich dazu anzuhalten, unbedingt genau wie er Theater zu schreiben, wegen meines ausgeprägten Sinns für absurde, hintergründige Dialoge. »Ehrlich gesagt, Monsieur Cornelius«, so Giraudoux wörtlich, »wenn Sie ein Theaterstück verfassen würden, dann könnte Ihnen weder Diderot noch Molière, und noch nicht einmal ich das Wasser reichen.«
Cocteau hingegen hielt sich mit dem Lob zurück, stattdessen pflegte er immer wieder zu sagen, während er am Mundstück seiner Opiumpfeife nachdenklich knabberte: »Ich bin ein wohlerzogener Mensch. Und gute Erziehung besteht darin, zu verbergen, wie sehr man sich selbst schätzt und wie wenig die anderen.«

Zuweilen machte ich sogar einen kleinen Zeitabstecher ins Jahr 1888, nach Arles, wo ich van Gogh beim Malen über die Schulter blickte. Es duftete herrlich nach Lavendel, Thymian und Rosmarin, bunte Schmetterlinge kreisten umher, die Zikaden zirpten und van Gogh malte wie besessen seine leuchtenden Sonnenblumen. Hätte ich ihm den Malerstuhl unter dem Hintern weggezogen, er hätte es bestimmt nicht gemerkt. Meine Abstecher in den Süden dauerten aber nie länger als zehn Sekunden, sie fanden immer in einem blitzschnellen Zeitraffer statt. Kaum war ich in der Provence gelandet, sorgten meine Schüler für meine rapide Rückkehr, durch lautes Reden, Papierkugelwerfen und körperliche Auseinandersetzungen.
Ich erteilte also rasch ein paar Mahnungen und machte mit dem Unterricht weiter.
Ich musste immerfort das Gleiche unterrichten: Französische und Englische Handelskorrespondenz, also

wie man einen französischen, bzw. englischen Geschäftsbrief zu verfassen hatte. Das war nicht einfach. Es gab damals bedauerlicherweise noch keine E-Mails oder SMS, und immer nur Briefe zu schreiben, konnte einen ganz schön schlauchen.
Aber zum Glück kamen danach immer die Sommerferien, dann reiste ich mit Carmen und Andrea tatsächlich in die Provence, für zwei, drei Wochen.

Seit damals sind weit über 20 Jahre vergangen, und vieles hat sich inzwischen geändert. So fuhren Carmen und ich letztes Jahr nicht mehr mit Andrea, sondern mit Isabelle in die Provence. Aber das ist eine ganz andere Geschichte.

17

Gestern bekam ich eine E-Mail von Helmut, wir wohnen beide in Düsseldorf, in der Sternwartstraße. Helmut kommt aus Temeswar, er ist vor 27 Jahren von dort ausgewandert und ist jetzt Rentner. Wir sind eng befreundet und rufen uns oft an, aber in der Regel chatten wir.

Helmut erzählte mir bereits ein paar Mal, wie froh er über seine netten Nachbarn sei. Sie hätten ein sehr freundschaftliches Verhältnis zueinander, wenn einer zum Beispiel vollbepackt mit Einkaufstüten vom Supermarkt um die Ecke nach Hause komme, halte man ihm die Eingangstür auf. Das Treppenhaus sei picobello, man könne praktisch vom Boden essen. Jeder würde wo es nur ginge Hand anlegen, um für Ordnung und Sauberkeit zu sorgen, und wenn er mal vor dem Haus eine Zigarette rauche, würde er gleich am nächsten Tag, wenn er nach der Post schaue, die auf den Boden geworfene Kippe in seinem Briefkasten wiederfinden.

Natürlich sehen wir uns auch ziemlich oft, mindestens zweimal pro Woche, im Internet. Kostet ja nichts, Helmut ist genau wie ich Mitglied der Skype-Community.

In der gestrigen E-Mail erzählte mir Helmut, er habe am Vortag wieder mal Heimweh bekommen und daher habe er sich auf einen Besuch nach Temeswar begeben, per Webcam. Diese Webcam sei auf Piaţa Victoriei, den wunderschönen Platz vor der orthodoxen Kathedrale gerichtet.

Er habe den Besuch sehr genossen, so Helmut, und obwohl es aus allen Eimern geschüttet habe, sei er trotz mangelnden Regenschirms überhaupt nicht nass geworden.

Ein junges Paar sei plötzlich vor der Kamera stehengeblieben und habe ihm freundlich zugewunken, aber er habe die beiden nicht erkannt, denn einerseits kenne er ja heute kaum noch jemanden in Temeswar, andererseits sah man die Gesichter der beiden nur ganz verschwommen.

Anschließend machte Helmut noch einen kleinen Abstecher ins nahe gelegene Nitzkidorf, er besuchte die Homepage dieses Ortes. Als E-Mail-Anhang schickte er mir ein Foto aus Nitzkidorf, dort war das Haus, in dem Herta Müller früher gewohnt hatte, zu bewundern. »Als Internetfan«, so Helmut in seiner Mail, »finde ich Herta Müller genial, sie hat's in der Tat weit gebracht: Gibt man ihren Namen bei Google ein, landet man fast zwei Millionen Treffer. Ich muss mir unbedingt eins ihrer Bücher ins Regal stellen.«

Im Gegensatz zu Helmut bin ich überhaupt nicht fixiert auf Rumänien, ich ziehe es eindeutig vor, mir das Land, in dem ich lebe, anzuschauen. Gestern zum Beispiel schaute ich mir Münster an, und zwar aus der Vogelperspektive, dank Google Earth. Und dann auch noch vom Dach des Ambulanzzentrums in der Stadtmitte, es gibt dort eine gut platzierte

Webcam. Der Blick ist nach Norden gerichtet, so dass die Sonne nicht blenden kann und die Szene optimal beleuchtet wird.

Doch als die Münster-Reise am schönsten war, rief Carmen mich zum Mittagessen. Sie war nicht nach Münster mitgekommen, weil sie angeblich kochen musste.

Das ist typisch Carmen, anstatt direkt zu sagen, dass sie nicht gern verreist, findet sie immer irgendeine Ausrede.

Und außerdem meckert sie ständig herum. Beim Mittagessen beispielsweise warf sie mir vor, ich würde völlig an der Realität vorbei leben und den Großteil meines Daseins nur noch vor dem PC verbringen.

Nach dem Essen spazierte ich eine Weile in meinem virtuellen Garten herum, um mich von diesem Quatsch zu erholen.

Und morgen besuche ich Stuttgart und Tübingen. Ich möchte schließlich nicht bloß den Norden, sondern auch den Süden meiner neuen Heimat richtig kennen lernen. Mal schauen, wie viele Web-Cams es dort gibt.

18

Meine Enkelin Isabelle ist fünf Jahre alt, ihr Haar ist noch blonder als das ihrer Barbie-Puppe, ihre Augen sind so blau wie ein skandinavischer Fjord, ihre Haut ist dreimal weißer als die des Schneewittchens, und mit ihren Sommersprossen rund um die Nase und vor allem durch ihre unkonventionellen Kommentare erinnert sie einen an Pippi Langstrumpf.

Als die Kindergärtnerin gestern im Kindergarten die Kleinen bei einem runden Tischlein nach ihren ausländischen Wurzeln fragte, stand als erster Hasan auf und sagte, seine Eltern seien Türken, worauf Dimitra auf ihre griechische Herkunft hinwies. Danach meldete sich Isabelle zu Wort und meinte, ihre Großeltern und ihre Mutter kämen aus Rumänien, was die Erzieherin erheiterte.

»Du meinst wohl, ihr habt in Rumänien Urlaub gemacht«, sagte sie.

»Nein«, fuhr Isabelle selbstsicher fort, »sie sind dort geboren.«

»Komm, Isabelle, sei nicht albern«, erwiderte die Erzieherin und kicherte.

Ich weiß nicht, wie sie sich die Kinder mit rumänischen Wurzeln vorstellte, wahrscheinlich mit Augen so dunkel wie die transsilvanische Nacht und kleinen, niedlichen Vampirzähnen, die beim Lachen bedrohlich aufblitzen.

Aber auch wenn Isabelle ihrem Freund Hasan einen Tag vorher beim Nahkampf diskret in den Hals gebissen hatte, sahen ihre Eckzähne völlig normal aus.

Man hat eben so seine Vorurteile in Hinsicht auf Herkunft, Aussehen und Verhalten. Ich hörte kürzlich im Rundfunk ein spannendes Interview mit einem schwarzen, in Köln geborenen Rechtsanwalt, dessen Eltern aus Eritrea stammten. Als er zum ersten Mal seinen Wagen auf dem Parkplatz für Rechtsanwälte beim Landgericht abstellen wollte, wurde er vom Parkwächter mit folgendem Hinweis angehalten:

»Dieser Parkplatz ist nur für Rechtsanwälte.«

»Und woher wissen Sie, dass ich kein Rechtsanwalt bin?«, fragte der Rechtsanwalt und lachte sich schief, als er den überraschten Blick des ihn anstarrenden Parkwächters sah.

Einmal bei einer Gerichtsverhandlung musste der Rechtsanwalt einen besonders dreisten Dieb verteidigen.

»Erkennen Sie diesen Mann wieder?«, fragte der Richter den vorgeladenen Zeugen.

»Nie gesehen«, lautete die knappe Antwort.

»Ich meine nicht diesen Mann«, sagte der Richter, als er merkte, dass der Zeuge den Rechtsanwalt nachdenklich anstarrte, »sondern den, der neben ihm sitzt.«

»Ach so«, meinte daraufhin der Zeuge. »Ja, der war es.«

Wenn er auf einer Bank in einem Park sitze, um zu entspannen, so der Rechtsanwalt weiter, würden manchmal andere Schwarze auf ihn zukommen und ihn fragen: »Hey, Bruder, hast du etwas Gras dabei?« Und wegen seiner Rastalocken würde man häufig davon ausgehen, dass er Musiker sei, in der Tradition Bob Marleys.

Aber um wieder auf meine Enkelin Isabelle zurück zu kommen: Auch kleine Kinder haben bereits Vorurteile, sie übernehmen sie meist von den Eltern. So ist Isabelle fest davon überzeugt, dass Frauen intelligenter als Männer sind, das weiß sie von ihrer Mutter. Wobei selbstverständlich das Gegenteil der Fall ist, das weiß ich von mir.

19

»Als ich vor knapp zwei Jahren die Frankfurter Buchmesse besuchte«, *mailte mir mein Freund Matei Vişniec Ende September aus Paris,* »waren alle osteuropäischen Verlage in einer Art Untergeschoss untergebracht, wo kaum ein Besucher vorbeikam. Also schauten die Rumänen die Ukrainer an, die Tschechen die Ungarn und Slowaken, die Bulgaren besahen die Albaner und Slowenen, die Serben betrachteten die Polen, usw. Es herrschte ein Gefühl der peinlichen Berührtheit, weil absolut keiner an der Literatur der Nachbarn interessiert war, alle wollten viel lieber von den Westlern besucht werden, von den Amerikanern, Franzosen, Kanadiern. Die Westler, die dort vorbei kamen, waren jedoch selten. Um nicht in Depressionen zu verfallen, taten also die Osteuropäer so, als würden sie Neuerscheinungen auf den Markt bringen. Wenn die Ungarn etwas auf den Markt brachten, gingen die anderen Osteuropäer zum ungarischen Stand, und tranken dort Barack Pálinka, wenn die Polen eine Neuerscheinung vorstellten, begaben sich die Osteuropäer zu den Polen, um sich dort einen Zubrowka-Wodka hinter die Binde zu kippen. Die Osteuropäer wanderten in einem furchtbaren Ghetto hin und her, völlig außerhalb des großen Kreislaufs der Buchmesse. Es war eine Atmosphäre der totalen Verachtung für den halben europäischen Kontinent. Wenn es dabei geblieben sein sollte, lass auch für mich bitte einen Riesenlacher vom Stapel auf der Frankfurter Buchmesse.«

Matei beschreibt die Buchmesse als absurdes Drama. Kein Wunder, denn er ist ja schließlich ein Autor des absurden Theaters. Und natürlich übertreibt er, was das Zeug hält. In Wirklichkeit sah bei seinem damaligen Messebesuch alles ganz anders aus, und letztes Jahr, als ich die Messe durchkreuzte, ebenfalls: Die osteuropäische Literatur war beileibe nicht in einem Untergeschoss untergebracht, sondern in der Halle 5. Und es kamen dort zwar in der Tat nur selten westliche Besucher vorbei, sodass das Ganze, genau wie Matei sagte, nach einem Bücher-Ghetto aussah, aber man trank dort weder Barack Pálinka noch Wodka. Also mir hat man bloß Raki und Sliwowitz angeboten. Aber es reichte aus, um sich die leere Halle 5 voll zu trinken.

20

Im letzten Juni besuchten mich Radu und Mary. Radu stammt aus Bukarest. Versteckt in einer Lautsprecherbox der Musikband ›Iris‹ ist er in den Achtzigern ins ehemalige Jugoslawien geflüchtet, von wo aus er sich nach Paris absetzte. Die Stadt der Lichter war für ihn als jungen, modernen Maler der einzig in Frage kommende Fluchtort. Er hoffte dort mit seinem in der Tradition Malewitschs stehenden abstrakten Stil alsbald den Sprung ins Pantheon der Moderne zu schaffen. Er mietete sich eine winzige Dachwohnung hinter dem Centre Beaubourg, und wenn es nicht regnete, stellte er seine Gemälde vor der Eingangstür aus, neben einem marokkanischen Gemüseladen. In seiner künstlerischen Entwicklung hatte Radu gerade die Phase erreicht, in der er auf Formen und Farben völlig verzichtete, und sein Lieblingsmotiv, den Eiffelturm in verschiedenen Lichtvariationen, nur noch als völlig leere Leinwand darstellte. Das hatte unter anderem den Vorteil, dass er kein Geld für Pinsel und Farben ausgeben musste. Der Schaffenswut verfallen, produzierte er bis zu zehn, fünfzehn Bilder täglich. Doch die vorbeilaufenden Touristen erwiesen sich alle als ausgesprochene Kunstbanausen. Sie zogen die Tomaten und Bananen des marokkanischen Gemüsehändlers seinen hyperminimalistischen Gemälden eindeutig vor. Frustriert widmete sich Radu zunehmend seiner Lieblingsfreizeitbeschäftigung, dem Ţuica-Trinken. Der Ţuica ist ein typisch rumänischer, hochprozentiger Zwetschgenschnaps, den Radu als echter Patriot in erheblichen Mengen zu sich nahm.

Drei Monate nach seiner Ankunft in Paris lernte Radu Mary kennen, eine junge blonde amerikanische Malerin aus Minnesota. Ihre gemalten Eiffeltürme waren leicht erkennbar, wofür Radu sie als Künstlerin völlig verachtete. Als Mensch verliebte er sich jedoch bis über beide Ohren in sie. Sie erwiderte seine Gefühle, sodass die beiden nach kürzester Zeit heirateten und durch Marys Arbeit, die nebenbei auch noch in einem Café jobbte, einigermaßen über die Runden kamen.

Als Patriot war Radu immerzu darauf versessen, nicht bloß dem rumänischen Nationalgetränk zu frönen, sondern auch ausschließlich Rumänisch zu sprechen, und das in jeder Situation. Aber wer weiß, vielleicht lag das auch nur an seiner völlig mangelnden Sprachbegabung. Er war eine derart sprachliche Niete, dass er, wenn er *Oui* oder *Non* sagte, mindestens vier Fehler machte, obwohl diese Wörter bloß aus drei Buchstaben bestehen. Nach dreißig Jahren Paris sprach Radu immer noch bloß Rumänisch, nicht allein mit Mary, die im Vergleich zu ihm geradezu ein Sprachgenie war und Englisch, Französisch und Rumänisch perfekt beherrschte, sondern auch mit den ihn ratlos anstarrenden Franzosen.

Nun besuchten mich also die beiden in Düsseldorf, und wir fuhren zusammen in die Altstadt, wo Radu seine Liebe zum Ţuica vorübergehend in den Wind schlug, und bei Uerige am Rheinufer ein Altbier nach dem anderen in sich hinein kippte. Nach dem siebten Bier fühlte er sich derart wohl, dass er mir mit funkelnden Augen plötzlich ein überraschendes Geständnis machte: »Weißt du, ich werde ein Drehbuch schreiben«, verkündete er, »und es denen in Hollywood anbieten. Ich bin mir ziemlich sicher, dass es ein großer Erfolg wird. Mary kennt in Los Angeles einen Manager aus Minnesota, der mit George Clooneys Visagistin zusammenlebt. Die wird ihn bestimmt überreden, die Hauptrolle zu übernehmen.«

»Ach so?«, wunderte ich mich. »Und was ist mit der Malerei?«

»Die Malerei ist längst tot«, sagte Radu verächtlich. »Die Zukunft gehört der Filmkunst.«

»Und worum soll es in diesem Film gehen?«, wollte ich wissen.

»Macht etwas langsamer mit dem Bier«, sagte Mary.

»Um einen genialen rumänischen Maler, der sich in seinen Jugendjahren in Paris in eine amerikanische Malerin verliebt«, erklärte Radu. »Sie erwidert seine Gefühle, und die beiden heiraten. Das Verständnis der Amerikanerin für die Kunst ihres Mannes hält sich zwar in Grenzen, sie schafft es aber mit ihren durchschnittlichen Bildern sich und ihren Mann über die Runden zu bringen. Nach dreißig Jahren hat dann aber der Maler, der die ganze Zeit über unentdeckt bleibt, plötzlich eine rettende Idee. Er schreibt ein Filmdrehbuch und schafft damit den Durchbruch in Hollywood.«

»Nicht schlecht. Eine Liebesgeschichte mit Happy End, die auch noch in Paris spielt, wird in Hollywood bestimmt auf viel Zustimmung stoßen«, sagte ich nachdenklich und auf Radus Anregung hin bestellte ich noch eine Runde.

»Macht etwas langsamer mit dem Bier, ich möchte euch morgen nicht klagen hören«, meinte Mary. Also schoben wir zwei Killepitsch nach, um eventuellen Magenproblemen vorzubeugen. Killepitsch ist ein 42-prozentiger, sehr beliebter Düsseldorfer Kräuterlikör.

»Ich habe jetzt noch eine ganz tolle Idee«, meinte Radu glücklich. »Ich werde eine zusätzliche Szene ins Drehbuch einbauen: Das Pariser Ehepaar besucht einen alten Freund in Düsseldorf, und dort gehen sie alle drei in die Altstadt. Sie trinken Bier, und der Maler erzählt dem Freund von seinen Zukunftsplänen, während seine Frau meckert. Das bringt ein wenig Dramatik in die Szene.«

»Bier und Killepitsch«, sagte ich, »das verspricht eine prima Unterhaltung. Schreibst du das Drehbuch auf Rumänisch?«

»In welcher Sprache denn sonst?«

»Und du, Mary, wirst also das Buch ins Englische übersetzen...«, sagte ich.

»Unsinn, es bleibt unverändert, es soll ja möglichst authentisch klingen«, erklärte Radu.

Darauf bestellten wir noch ein Bier und tranken auf den künftigen Drehbuch-Oscar.

Die nächste Filmszene spielt übrigens in einem Düsseldorfer Krankenhaus, wo die zwei Freunde Seite an Seite liegen. Aber mehr möchte ich nicht verraten, da wäre George Clooney bestimmt beleidigt. Wer lässt sich schon gerne seinen Auftritt vermasseln?

21

Seit einem gewissen Turmbau herrscht weltweit babylonische Sprachverwirrung. Verschiedene Völker verstehen einander oft nicht, und dann reden sie mit Händen und Füßen, oder sie brauchen einen Dolmetscher. Dann bin ich hin und wieder gefragt.

Letzte Woche dolmetschte ich bei einer Polizeivernehmung. Ein junger Mann aus Rumänien hatte ein Paar Marken-Tennisschuhe in einem Kaufhaus anprobiert und sie derart prima gefunden, dass er sie gleich angelassen hatte, ohne dafür zu bezahlen. An der Ausgangstür ertönte jedoch das Alarmsignal, und der ihm auf dem Fuß folgende Kaufhausdetektiv setzte seinem Unterfangen ein jähes Ende. Er brachte ihn in sein Büro, holte die Polizei, und nun saß der Mann auf einem Stuhl in einem Büro des Polizeipräsidiums vor mir und sollte von zwei jungen Kommissarinnen vernommen werden. Die eine führte die Befragung durch und tippte das Protokoll in den PC, die andere hörte aufmerksam zu. Der Mann war Mitte zwanzig, hatte schwarze Augen, kurzes, dunkles Haar, trug ein T-Shirt, das irgendwann mal hell gewesen sein musste, und machte einen ziemlich verdutzten Eindruck.

»Wie heißen Sie?«, fragte die Kommissarin.
»Cum vă cheamă?«, dolmetschte ich.
»Pe mine?«, fragte der Mann.
»Dar pe cine?«, sagte ich.
»Was hat er gesagt?«, fragte die Kommissarin.
»Er hat gefragt, ob ich ihn meinte, als ich ihn fragte, wie er heiße. Und ich habe bejaht.«
»Ion Gheorghe«, sagte der Mann.
»Ion Gheorghe«, sagte ich. »Das ist sein Name.«
»Wie es hier im Ausweis steht?«, fragte die Kommissarin und streckte ihm den Ausweis entgegen. Ich dolmetschte. Der Mann beugte sich über den Tisch und nahm seinen Ausweis aufmerksam unter die Lupe.
»Da«, antwortete er nach einer Weile.
»Ja«, dolmetschte ich.
»Wohnsitz in Rumänien? Wie es hier im Ausweis steht?«
Der Mann begann erneut den Ausweis zu studieren.
»Da«, sagte er. »Brăila, strada Luminii, nr. 8.«
»Ja«, dolmetschte ich. »Braila, Luminii-Straße 8.«
Die Kommissarin tippte.
»Domnu' Chef, când imi da drumul?«, fragte er.
Ich dolmetschte: »Chef, wann darf ich wieder gehen?«
»Das wissen wir noch nicht«, antwortete die Kommissarin. »Welchen Beruf üben Sie aus?«
»Wie Beruf?«, fragte Ion Gheorghe überrascht.
»Ja. Welchen Beruf Sie derzeit ausüben«, wiederholte ich auf Rumänisch.
Der Mann sah mich unschlüssig an.
»Sunt ţigan, domnu' şef «, sagte er und zuckte mit den Schultern. »Ich bin Zigeuner, Chef.«

»Okay, aber das ist kein Beruf«, sagte ich zu ihm und musste kurz lachen.

»Was hat er gesagt?«, fragte die Kommissarin.

»Er hat gesagt, er sei Zigeuner.«

Die Kommissarin sah mich verständnislos an. Was gibt's denn da zu lachen?, fragten mich ihre Augen.

»Also, Beruf!«, sagte ich zu Ion Gheorghe.

»Was soll ich denn darauf antworten?«, fragte mich Ion Gheorghe.

»Tja… Denken Sie mal gut nach. Womit beschäftigen Sie sich?«

»Cumpăr lucruri si pe urmă le vând. Dar nu prea câştig nimic«, sagte Ion Gheorghe.

»Ich kaufe allerhand Dinge, und dann verkaufe ich sie wieder. Aber damit verdiene ich so gut wie gar nichts«, dolmetschte ich.

Die Kommissarin nickte.

»Er ist also Geschäftsmann«, sagte sie.

»Genau«, antwortete ich.

Sie tippte es in den PC.

»Verheiratet?«

»Ja.«

»Seit wann?«

Ich dolmetschte.

»Seit einem Monat.«

»Also seit März.«

»Genau.«

»Kinder?«

»Nu«, sagte Ion Gheorghe. »Nein.« Und er fügte hinzu: »Chef, fragen Sie bitte die beiden, ob sie nicht vielleicht eine Zigarette für mich haben!«

Ich dolmetschte.

»Hier wird leider nicht geraucht. Und wo wohnen Sie in Deutschland?«, fragte die Kommissarin.

»Aici fumatul este interzis. Unde locuiţi în Germania?«, fragte ich.

»Cine?«, fragte der Mann.

»Dumneavoastră.«

»Eu?«

»Păi cine?«

Ich kicherte. Die zwei Kommissarinnen schauten mich irritiert an.

»Was hat er gesagt?«, fragte die eine.

»Er hat gefragt, wer mit der Frage gemeint sei. Und ich habe ihm erklärt, dass er gemeint sei. Daraufhin hat er sich gewundert.«

»Păi locuiesc întro casă ..., pe-o stradă...«, sagte der Mann.

»Ich wohne in einem Haus..., in einer Straße...«, dolmetschte ich.

»Wie heißt diese Straße?«, fragte die Kommissarin.

Ich dolmetschte.

Der Mann begann nachzudenken. Er kratzte sich am rechten Ohr, sah konzentriert zu Boden, dann blickte er hoch, zur Decke.

»Am uitat«, sagte er schließlich.

»Ich hab's vergessen«, sagte ich.

Die Kommissarin tippte die Antwort in den PC.

»Domnu' şef, intrebaţi vă rog când imi dă drumul.«

»Chef, fragen Sie bitte, wann sie mich laufen lassen.«

»Das wissen wir noch nicht. Er soll bitte erstmal die Fragen beantworten!«

Ich dolmetschte.

»Ich hätte eine Bitte, Chef!«, sagte der Mann. »Eine sehr dringende Bitte. Ich würde die beiden Damen ganz herzlich bitten, mir eine Zigarette zu geben.«

Ich dolmetschte.

»Hier wird nicht geraucht«, sagte erneut die Kommisarin.

»Aici nu se fumează«, dolmetschte ich.

»Şi afară?«, fragte Ion Gheorghe.

»Und draußen?«, fragte ich.

Die Kommissarin seufzte und warf ihrer Kollegin einen ziemlich ratlosen Blick zu.»Beantworten Sie bitte die Fragen! Seit wann sind Sie in Düsseldorf?«, fragte sie.

»Seit gestern. Aber nachdem ich die Fragen beantwortet habe, darf ich dann rauchen? Bitte.«

»Wie sind Sie nach Deutschland gekommen?«

»Ich bitte Sie, Chef. Fragen Sie bitte die beiden, ob ich rauchen darf. Darf ich das?«

Ich dolmetschte.

»Okay«, sagte die Kommissarin. »Sagen Sie ihm bitte, er soll zuerst die Fragen beantworten, danach bekommt er eine Zigarette. Und dann darf er auf dem Hof rauchen.«

Ich dolmetschte.

»Wie kamen Sie also nach Deutschland?«, fragte die Kommissarin erneut.

»Cu autobuzul.«

»Mit dem Bus.«

»Und was wollten Sie hier tun?«

Der Mann begann drauf los zu erzählen, und ich dolmetschte:

»Ich wollte eigentlich nach Spanien fahren, nicht nach Deutschland. Nach Madrid. Aber unterwegs schlief ich im Bus ein, in Ungarn oder in Österreich. Ich schlief und schlief, und als ich wieder aufwachte, hielt der Bus plötzlich an, und ich dachte, nun seien wir endlich in Spanien angekommen. Also stieg ich aus, der Bus fuhr sofort wieder los, und dann erst merkte ich, dass ich doch nicht in Spanien war, sondern in Düsseldorf«, dolmetschte ich und musste schon wieder lachen. Die Kommissarin sah mich derart strafend an, dass ich so tat, als ob ich gehustet hätte.

»Und was wollten Sie in Spanien tun?«, fragte die Kommissarin.

»Ich wollte das Land besuchen.«

Die Kommissarin tippte die Antwort in den PC.

»Als Tourist?«, fragte sie überrascht.

»Da«, sagte der Mann.

»Ja«, dolmetschte ich.

Die Kommissarin blickte kurz zu ihrer Kollegin.

»Okay«, sagte sie dann zu mir. »Fragen Sie ihn bitte, wieso er uns diesen Schwachsinn erzählt. Er will uns wohl für dumm verkaufen.«

Ich dolmetschte, und Ion Gheorghe zuckte mit den Schultern.

»Wieso denn Schwachsinn?«, sagte er. »Spanien ist ein schönes Land. Wieso soll ich es nicht besuchen?«

»Sie haben doch gesagt, Sie seien frisch verheiratet«, sagte die Kommissarin.

Ich dolmetschte.

»Da«, sagte Ion Gheorghe.

»Ja«, dolmetschte ich.

»Sie sind also frisch verheiratet, wollten als Tourist nach Spanien reisen, aber Ihre Frau haben Sie nicht mitgenommen«, fuhr die Kommissarin säuerlich fort. »Wem wollen Sie das erzählen?«

Ich dolmetschte. Ion Gheorghe sah mich fragend an und schwieg. Dann zuckte er hilflos mit den Schultern.

»Wieso soll ich denn meine Frau mitnehmen?«, sagte er.

Ich kicherte und begann zu husten.

Die Kommissarin sah mich verständnislos an und schüttelte irritiert mit dem Kopf. Ion Gheorghe blickte die Kommissarin an. Was wollte sie eigentlich von ihm? Es war doch seine Sache, ob er seine Frau nach Spanien mitnahm oder nicht. Es reichte doch, wenn er verreiste, oder?

Für die Kommissarin wiederum war nun alles klar. Ion Gheorghe war im Bus eingeschlafen, irgendwo in Ungarn oder in Österreich, okay, das klang glaubwürdig. Danach war er erst in Deutschland aufgewacht, wieso auch nicht? Er war in Düsseldorf statt in Spanien ausgestiegen. Kann schon mal vorkommen, wenn man von so weit her kommt und über keinerlei Ortskenntnisse verfügt. Aber frisch verheiratet zu sein und bei einer Urlaubsreise die Frau zu Hause sitzen zu lassen, wer tat denn so etwas? Entweder log der Vernommene wie gedruckt, oder er war ein widerwärtiges Monster.

Trotz heftiger Irritationen wurde die Befragung fortgeführt, auf einfache Fragen folgten knappe Antworten. Was Ion Gheorghe dabei durch den Kopf ging? Ich vermute, nur eins: Er wollte nach wie vor endlich eine Zigarette rauchen. Aber das durfte er erst eine halbe Stunde später, als die Vernehmung zu Ende war, und man ihn wieder laufen ließ, wegen Geringfügigkeit. Die Kommissarin griff in ihre Handtasche und, wie versprochen, händigte sie ihm einen Glimmstengel aus. Trotz seiner Abreise ganz ohne Ehefrau.

22

Es gehört zu meinen Aufgaben, dass ich gelegentlich auch Schriftstücke übersetzen muss, wie zum Beispiel diesen Brief, den ich für das Amtsgericht übertrug:

Düsseldorf, den 27. Dezember 2012

Hallo Mama,

heute bin ich sehr glücklich, denn der Weihnachtsmann hat mir vier Briefe auf einmal gebracht. Einen von Vanessa, die jetzt in Verona für Luigi und Marta arbeitet, einen von Dir und zwei von Schnäutzchen aus Paris. So konnte ich nun endlich sehen, wer mich wirklich lieb hat.

Mir geht es hier gut, ich unterhalte mich täglich stundenlang mit Anda, die mit mir in der Zelle sitzt. Du weißt ja, dass ich mit jedem gut klar komme.

Was soll ich zu diesem ganzen Schlamassel sagen, es war natürlich ein schwerer Fehler, mich mit Viorel einzulassen. Mir war überhaupt nicht klar, was er für Absichten hatte.

Der neue Rechtsanwalt ist voll in Ordnung, Schnäutzchen bezahlt ihn aus Paris. Gut, dass ich den anderen Rechtsanwalt jetzt endlich los bin, er hat mir bloß Ärger eingebracht. Sie sind wohl immer noch am Ermitteln, es kann aber nicht mehr lange dauern, vier Monate habe ich schon hinter mir, bin also bald wieder auf freiem Fuß. In höchstens zwei Monaten, wenn nicht sogar noch schneller.

Es war ja nicht meine Schuld, dass es so gelaufen ist, aber Viorel hat denen aufgetischt, er hätte mit mir im Fluchtauto gesessen und ähnlichen Mist, weil er dachte, dass er so billig davonkäme.

Man hat bei der Verhandlung sogar versucht, mir einen zweiten vorsätzlichen Diebstahl in die Schuhe zu schieben, obwohl ich dieser Frau gar nichts entwendet hätte, wenn ich nur gewusst hätte, dass sie eine Landsmännin war. Ich schwöre es.

Was soll's, es dauert nur noch ein wenig, dann bin ich wieder zu Hause. Es tut mir leid, dass ich Dir so viel Stress gemacht habe. Du brauchst Dir aber meinetwegen keine Sorgen zu machen, ich lebe hier praktisch wie in einer Zwei-, wenn nicht sogar Drei-Sterne-Pension. Kochen muss ich zwar selber, aber das mache ich gerne, wie Du weißt. Mein Zimmer ist immer tiptop sauber und aufgeräumt, und ich muss keine Wäsche waschen. Ich lebe hier wie eine echte Prinzessin. Letzte Woche habe ich angefangen zu arbeiten, das ist toll, denn so vergeht die Zeit schneller. Ich mache eine Ausbildung als Frisörin, und wenn ich hier raus komme, dann bin ich eine Frisörin mit deutschem Zertifikat.

Ach, was habe ich gestern nur gelacht, ich habe eine TV-Sendung gesehen, mit einem deutschen

Mädchen und einem deutschen Jungen, beide 17. Weil sie eine Menge Mist gebaut hatten, hat man sie zum Arbeiten nach Rumänien aufs Land geschickt, zu einem alten Opa und einer alten Oma. Da sagt eines Tages der Opa, Kinder, weil ihr heute schön fleißig wart, bekommt ihr am Abend warmes Wasser zum Duschen. Aber morgen geht's dann wieder ab in den Stall zum Ausmisten und danach zum Holzhacken. Du hättest die beiden sehen müssen, wie sie geguckt haben, ich habe mich fast bepinkelt vor Lachen.

Was soll ich Dir sonst noch schreiben, ich mache hier bloß gute Erfahrungen. Schade, dass ich nur ein einziges Mal mit Dir telefonieren durfte, und wenn ich mich nicht so sehr nach Dir sehnen würde, ginge es mir noch viel besser. Aber einmal ist besser als keinmal.

Nur noch ein wenig Zeit muss verstreichen, und dann ist es endlich vorbei, diese paar Wochen werde ich es hier wohl noch aushalten. Sagt gestern Anda zu mir: Vielleicht wollte es der liebe Gott so, dass wir hier sitzen, damit er uns unter permanenter Beobachtung halten kann, und wir keinen Scheiß mehr bauen. Meine Kraft ist riesig, ich weiß gar nicht woher sie kommt, wahrscheinlich von Ihm.

Bei Euch ist es jetzt bestimmt wärmer als hier. Gestern Abend beim Hofgang musste ich mich in eine Decke einwickeln. Ich habe zu den anderen Mädchen gesagt, so eine Decke trug auch mein Vater beim Militär, da haben sie alle gelacht. Wir haben hier drei Lesben, es wird mir ganz übel, wenn ich an sie denke. Aber mir sind sie bisher noch nicht an die Wäsche gegangen. Kleiner Scherz.

Bekommst Du immer noch Massagen gegen Rheuma? Huch, sagt Anda gestern, Massagen werde ich auch bald gebrauchen können, wegen dieser verdammten Cellulite. Anda ist ganz froh, dass sie zugenommen hat, ich aber überhaupt nicht. Hier geht es aber gar nicht anders. Ich habe VIER KILO zugelegt, aber nach der Gerichtsverhandlung rühre ich kein Essen mehr an, ich schwöre es.

Ich bin jetzt viel reifer geworden, meine Mentalität hat sich geändert, und wenn ich hier wieder rauskomme, dann fange ich ein neues Leben an, darauf kannst Du Gift nehmen. Falls Schnäutzchen bei Dir vorbeikommen sollte, umarme ihn ganz lieb von mir, und wenn er Dir ein kleines Päckchen gibt, dann lege es Du weißt schon wohin. Wenn ich wieder zu Hause bin, dann machen wir beide Urlaub, es wird der schönste Urlaub Deines Lebens sein, ich verspreche es!

Sei bitte stark, ich liebe Dich sehr. Und jetzt ab in die Kiste, denn morgen geht's weiter mit dem Haare schneiden.

Viele, viele Küsschen,
Stella

23

Es war ein ziemlich eigenartiger Fall. Ein Rumäne hatte sich am vorherigen Nachmittag ordentlich voll laufen lassen, und nachdem er den Zustand der absoluten Glückseligkeit erreicht hatte, beschloss er diesen möglichst lange hinauszuzögern. Also begab er sich schnurstracks in einen Discounter-Laden und griff sich dort zwei Flaschen Obstler, mit denen er den Laden wieder verlassen wollte. Entspannt und locker torkelte er an der Kasse vorbei, ohne die Kassiererin eines Blickes zu würdigen und suchte das Weite. Das er natürlich nicht fand, denn weil er im Zickzack lief und den Weg zum Ziel dadurch erheblich verlängerte, erreichte ihn die Ladenbedienung in null Komma nichts.

Nun saß er also vor mir, in einem Büro des Düsseldorfer Polizeipräsidiums, er hatte die Nacht in der Ausnüchterungszelle verbracht und roch immer noch nach Hochprozentigem. Er hieß Petre Mocan, war 48 Jahre alt, und sein zerklüftetes Antlitz wies mindestens doppelt so viele Falten wie das von Keith Richards auf. Auf die Frage des Kommissars, wieso er den Obstler entwenden wollte, erklärte er auf Rumänisch:

»Man hatte mich zu einem Geburtstag eingeladen, und ich wollte nicht mit leeren Händen hingehen.«

Ich dolmetschte es.

»Herr Mocan muss unheimlich viele Freunde haben, denn man lädt ihn auffallend oft zu Geburtstagen ein«, sagte der Kommissar zu mir. Dann warf er einen Blick in den Computer und fügte zu meiner Verblüffung hinzu: »In den letzten zwei Monaten hat man ihn vierzig Mal beim Entwenden von Spirituosen erwischt.«

Die Vernehmung verlief wie im Fluge, denn Petre Mocan gab das ihm Angelastete sofort und ohne Einschränkungen zu, und da er die Tat ja im Rausch begangen hatte, und nicht im Sinn gehabt hatte, die entwendete Ware gewinnbringend zu veräußern, sondern sie einzig und allein zum Stillen des eigenen Dursts zu konsumieren, ließ man ihn wieder laufen. Ich unterschrieb für die Richtigkeit der Übertragung ins Deutsche, verabschiedete mich vom Kommissar und war froh, dass ich noch Zeit genug hatte, um an diesem Morgen endlich meinen Frisör auf der Bilker Allee aufzusuchen. Meine inzwischen nach allen Seiten stehenden Haare sahen einfach verboten aus.

Mein Frisör ist Türke, er heißt Erdal. Früher arbeitete er mit einem Freund namens Bulut zusammen, der aber vor einigen Monaten mit seinen Ersparnissen wieder in die Türkei zurück gekehrt war, und nun in Side deutschen Touristen die Haare schnitt. An Buluts Stelle war nun ein anderer Türke im Frisörsalon tätig geworden, aus mir unerfindlichen Gründen nannte man ihn Willi. Aber wahrscheinlich war das bloß sein Spitzname, ich weiß es nicht. Wie Erdal sprach auch Willi nur sehr brüchig Deutsch, was ich als entspannend empfand, denn von ellenlangen, verschachtelten Sätzen hatte ich durch meine häufigen Übersetzungen von Anklageschriften mehr als genug.

Auf Erdals Drehstuhl wurde Ginos dunkles, feucht glänzendes Haar zur Seite gekämmt. Ich kannte Gino, denn er besaß drei Häuser weiter eine Pizzeria, die aber erst um 12 Uhr öffnete. Auf Willis Stuhl hatte ein Mann mit asiatischem Antlitz Platz genommen, ansonsten gab es keine anderen Kunden im Laden. Das Haupt des Asiaten war mit einem braunen Schaum bedeckt, den Willi eifrig in die Kopfhaut einmassierte, seine Finger bewegten sich wie Blitze. Ich wollte die Zeitung lesen, sie war aber auf Türkisch, dann entdeckte ich nebenan eine deutsche Boulevard-Zeitung und schaute hinein. ›Euphorie in Schweden! Schweden belegt den ersten Platz beim Eurovision Song Contest mit *Euphoria*‹ sprang mich eine Schlagzeile an. Dann entfernte Erdal Ginos weißen Umhang und bat mich, an dessen Stelle Platz zu nehmen.

In den nächsten Minuten stellte sich rasch heraus, dass nicht bloß in Schweden zurzeit große Euphorie herrschte, sondern offensichtlich auch in diesem Frisörladen, wenn auch aus ganz anderen Gründen. Erdal, Willi und der asiatische Kunde hatten sich in eine eigenartige Diskussion über Heimat und Tradition vertieft, die sie über alle Maßen erheiterte.

»Japan gut. Super Japan.«, sagte Erdal zum Asiaten. »Du Japaner?«

»Hihihi«, lachte der Mann. »Jaja. Ich Japaner.«

»Ich Türkei. Türkei prima!«, schaltete sich Willi ein. »Deutschland Regen. Scheißregen.«

Beim Wort Scheißregen brachen alle drei in Gelächter aus. Doch nach einer kurzen Pause legte

Erdal seine Stirn in Falten und mit besorgter Miene fragte er plötzlich den Japaner: »Du kennen Osmanische Reich?«

»Wer reich? Du reich?«, lachte daraufhin der Japaner.

»Erdal reich«, lachte Willi.

»Nein. Osmanische Reich! Du Japan nix Schule?«, staunte Erdal. »Du nix wissen Atatürk? Atatürk Vater von Türken.«

»Japan nix Schule. Japan Samurai. Samurai, Mafia«, erklärte Willi lautstark und zielte mit dem Zeigefinger auf den Japaner. »Bumm!«, machte er, und wieder lachten sich alle drei halbschief, und ich musste plötzlich mitlachen.

»Du nix bewegen«, ermahnte mich Erdal und erhob bedrohlich die Schere über meinen Kopf. »Wenn du bewegen, dann ich mache Frisur kaputt.«

Dann wandten sich die beiden wieder dem Japaner zu.

»Japan Harakiri«, sagte Willi und ich sah im Spiegel, wie er Erdal zublinzelte. »Wann du machen Harakiri?«

»Hihihi«, lachte der Japaner. »Ich nix Harakiri. Frau Harakiri. Wenn Frau nicht gut im Bett, morgen ich Frau Harakiri.«

Jetzt gab es kein Halten mehr.

»Hihihi«, lachten der Japaner und Willi.

»Hahaha«, brüllte Erdal mit rotem Kopf.

»Huhuhu«, lachte ich mit, dass mein weißer Umhang nur so flatterte.

»Du nix bewegen. Wenn du bewegen, ich mache Kopf kaputt«, drohte Erdal und fuchtelte mit dem Rasiermesser vor meinem Gesicht herum.

Da der Satz über das Harakiri und die Frau des Japaners im allgemeinen Lachgebrüll gebetsmühlenartig ungefähr fünfundfünfzig mal wiederholt wurde, büßte das Gespräch in den nächsten Minuten erheblich an Substanz ein, und irgendwann war dann Erdal mit meinem neuen Haarschnitt fertig und hielt mir einen Handspiegel in den Nacken, damit ich mich auch von hinten sehen konnte. Meine neue Frisur war derart miserabel ausgefallen, dass nichts mehr daran zu richten war. Es sei denn, ich hätte mir eine Glatze rasieren lassen, aber das kam nicht in Frage, denn ich wollte ja nicht wie ein Sumo-Ringer aussehen. Oder rasieren diese sich gar nicht glatt, sondern eher die Shaolin-Mönche? Egal.

Um den Frust über meine gewöhnungsbedürftige Frisur mindestens teilweise zu verkraften, beschloss ich, mir eine Flasche guten Wein zu kaufen und sie mir danach zu Hause in aller Ruhe einzuschenken. Ich lief an Ginos Pizzeria, der mir aus der Tür zuwinkte, vorbei, betrat kurz danach einen Discountladen und schritt auf die Getränkeabteilung zu, als ich plötzlich ein paar Schritte weiter ein mir wohl bekanntes Gesicht entdeckte. Es war Petre Mocan. Mit einer Flasche Schnaps in der Hand taumelte er euphorisch auf den Ausgang zu. Nun ja, das Weintrinken konnte ich wohl erst mal vergessen, in einer Stunde würde ich wieder dolmetschen müssen.

24

Gestern las ich in einer großen Wochenzeitschrift eine Reportage, in der die erwachsene Tochter türkischer Migranten zu Wort kam. Sie sei Germanistin, in Bonn geboren und arbeite heute als Pressesprecherin in Istanbul. »In Deutschland geht es immer um deine Herkunft«, meinte sie. »Dauernd bekam ich zu hören: ›Oh, Sie sind aber gar nicht typisch türkisch. Sie dürfen sogar abends ausgehen. Das hatte ich satt.‹«

»Was sind Sie Sie denn für ein Landsmann?«, werde ich immer wieder gefragt. Manchmal erkläre ich dann, ich sei Deutscher und vor langer Zeit aus Ceauşescus Rumänien abgehauen, doch manchmal sage ich knapp, ich sei Chinese mit japanischem Hintergrund, und dann ist mein Gegenüber beleidigt.

Warum ist das so? Lässt sich diese üble Neurose, dieser krankhafte Zwang, Mitmenschen andauernd identifizieren und in eine Schublade stecken zu müssen, auch behandeln? Ich stelle mir eine Psychiatercouch vor, auf der ein verzweifelter Mann liegt und sagt: »Ich muss leider immer genau wissen, wo jemand, der ein bisschen anders als ich aussieht oder spricht, genau herkommt, sonst verliere ich jede Orientierung. Helfen Sie mir bitte, Herr Doktor!« Auch Selbsthilfegruppen wären in solchen Fällen wohl gut vorstellbar.

Ich stehe in einer ziemlich überfüllten Straßenbahn in Düsseldorf. United Colors of Benetton: Einige Mitfahrer sind weiß, andere wiederum gelb, kaffeebraun oder schwarz. Sie kommen wohl alle von irgendwo her, wenn auch nur aus Wermelskirchen.

»Darf ich bitte aussteigen?«, frage ich den in der Tür stehenden Mann. Er dreht sich zu mir um. Er sieht aus wie ein Kubaner, auf Kuba dort habe ich im letzten Urlaub solche Typen gesehen. Oder kommt er vielleicht gar aus Brasilien oder den USA?

Ich würde ihn gerne fragen, aber so direkt geht das nicht, vorher müsste ich ihn wohl in ein kleines Gespräch verwickeln. Doch dafür ist leider keine Zeit mehr, denn ich muss jetzt sofort aussteigen.

25

Wir haben heute Donnerstag, den 6. Dezember 2012.

Zuerst werden die Fingerabdrücke des Mädchens genommen, danach werden ein Frontal- und zwei Profilfotos von ihm gemacht. Anschließend muss es seine hochhackigen Schuhe ausziehen, damit man seine Größe messen kann. Es ist 1,63 cm groß. Die Waage zeigt ein Gewicht von 48, 3 Kilo. Hohe Stirn, Augen- und Haarfarbe: Braun.

Dann verabschiedet sich der Kommissar von dem Kollegen, der die Messungen durchgeführt hat, und wir gehen zu dritt ins Erdgeschoss, zur Vernehmung: Der Kommisar, das Mädchen und ich. Das Büro des Kommissars ist spartanisch möbliert: Vier Stühle, ein Schreibtisch mit einem alten PC und einem Drucker, zwei uralte Schränke aus Spanplatten. Auf einem Schrank stehen drei Messingpokale, an der Tür klebt eine Zeichnung mit einem luftballonartig aufgeplusterten Schnellkochtopf , der fast explodiert, darunter der Spruch: *Unter Druck kann man nicht arbeiten.* Auf dem Tisch liegen verschiedene Akten und ein Familienfoto. Das Büro hat zwei Türen, die eine führt in den Flur, die andere ins Nebenbüro.

Der Kommisar sitzt am PC, das Mädchen und ich sitzen ihm gegenüber. Er erteilt dem Mädchen die Rechtsbelehrung: Es wird Ihnen Urkundenfälschung und der Versuch, die Behörde zu täuschen, vorgeworfen. Es steht Ihnen frei, sich zur Sache zu äußern oder nichts zu sagen. Zur Vernehmung können Sie einen Rechtsanwalt Ihrer Wahl als Beistand heranziehen.

Ich habe nichts zu verbergen, sagt das Mädchen. Ich möchte die Fragen beantworten.

Okay, sagt der Kommissar. Ich dolmetsche und er tippt.

Die Personalien des Mädchens werden aufgenommen: Vorname Alina, Nachname Petcu.

So wie es hier im Ausweis steht?

Genau.

Wohnort: Colentina-Straße 29, Tulcea, Rumänien.

Geburtstdatum?

Der 8. Juni 1995.

Der Kommissar zeigt auf den Ausweis: Hier steht: Geboren am 8. Juni 1994.

Das ist falsch, sagt das Mädchen. Ich bin erst 1995 geboren.

Monat und Tag stimmen?

Ja.

Ich dolmetsche, der Kommissar tippt.

Also, Sie geben zu, dass Ihr Ausweis gefälscht ist?

Ja.

Wo haben Sie diesen Ausweis her?

Von jemandem auf der Straße gekauft.

Wo wohnen Sie jetzt?

Bei einer Bekannten in Düsseldorf. Aber die Adresse kenne ich leider nicht auswendig.

Wieso wollten Sie sich denn älter machen?

Um eine Arbeitserlaubnis zu bekommen. Dafür muss man mindestens 18 Jahre alt sein.

Als was wollten Sie arbeiten?

Als Prostituierte.

Haben Sie bereits als Prostituierte gearbeitet?

Ja.

Wo?

In einem Erotik-Club in Duisburg. Ich habe dort eine Woche lang gearbeitet, aber illegal. Dann bekam ich Angst und kam zu dieser Bekannten nach Düsseldorf und wollte mir eine Arbeitserlaubnis besorgen. Dabei wurde mein gefälschter Ausweis entdeckt und ich wurde festgenommen.

Wissen Ihre Eltern, dass Sie hier sind?

Meinen Vater kenne ich nicht. Meine Mutter denkt, dass ich bei einer Freundin in Bukarest bin.

Und was haben Sie nun für Absichten?

Nach Hause zurückzukehren. Schnellstmöglich.

Und danach?

In sieben Monaten bin ich 18, dann komme ich wieder zurück nach Deutschland.

Wer hat Sie zur Prostitution überredet?

Keiner.

Wirklich nicht?

Nein.

Sie sind also aus freien Stücken hergekommen?

Ja. Ich weiß, dass viele Mädchen einen Zuhälter haben. Aber ich habe keinen Zuhälter, ich bin unabhängig.

Und das soll ich Ihnen jetzt glauben?

Ich sage Ihnen die Wahrheit. Wieso sollte ich denn lügen, meint das Mädchen und schaut mich hilfesuchend an.

Nach einer halben Stunde ist die Vernehmung abgeschlossen. Ich übersetze das Protokoll ins Rumänische, das Mädchen nickt. Dann unterschreibt sie, und ich unterschreibe auch.

Und was passiert jetzt mit mir? Darf ich jetzt gehen? Ich habe 100 Euro, ich kann den Bus nach Hause bezahlen.

Mädchen, sagt der Kommissar und seufzt. So einfach ist das nicht. Du bist noch minderjährig. Wir werden dich nicht einfach so auf die Straße setzen.

Wieso denn nicht? Ich habe doch keine Angst.

Pass mal auf, sagt der Kommissar. Wir müssen dich dem Jugendamt übergeben. Dort sorgen sie dann dafür, dass du gut nach Hause kommst. Eine Sozialarbeiterin wird sich um dich kümmern. Aber ich muss jetzt erstmal telefonieren.

Der Kommissar telefoniert ungefähr fünf Minuten lang. In dieser Zeit unterhalte ich mich mit dem Mädchen.

Mannomann, sage ich, das ist doch alles Mist, oder?

Sie schaut mich an und zuckt mit den Schultern. Ihr Haar ist zu einem Zopf zusammengebunden, sie trägt Blue Jeans, eine weiße Bluse und einen dunkelblauen Pullover mit V-Ausschnitt. Sie macht einen netten Eindruck, bis auf die extrem hochhackigen Schuhe wirkt sie völlig unauffällig.

Das muss doch furchtbar sein, sage ich.

Was denn?

All diese wildfremden Typen. Wie kann man nur so etwas aushalten.

Ach was. Ich schicke sie vorher duschen, sagt sie und winkt ab.

Ich denke einen Augenblick nach.

Ich hab's nicht so mit der Liebe, sagt sie, als würde sie meine Gedanken erraten. Zuerst kommt bei mir der Magen, und erst danach der Rest.

Das klingt zwar ziemlich abgedroschen, aber sie schaut mir direkt ins Gesicht, und ich weiß, dass sie es genau so meint.

Hast du denn keinen Freund, frage ich.

Natürlich habe ich gute Freunde und auch Freundinnen. Eine ganze Menge. Aber das ist etwas ganz anderes.

Der Kommissar hat das Telefonat beendet, legt auf und sagt zum Mädchen: Gleich kommt eine Kollegin her. Sie möchte kurz mit dir reden, bevor man dich zum Jugendamt bringt.

Nach ungefähr zehn Minuten betreten eine Polizistin Mitte 40 und ein junger Polizist den Raum.

Hallo, sagt die Polizistin und strahlt das Mädchen an. How are you? Do you speak English?

Very little.

What's your name?

Alina Petcu.

Dann sagt die Polizistin zum Kommissar: Ich möchte mich mit dem Mädchen ein wenig unterhalten. Aber nur mit dem Mädchen, okay? Der Dolmetscher kann hierbleiben.

Der Kommissar, der gerade eifrig in den Akten kramt, verlässt leicht verstimmt den Raum, zusammen mit dem jungen Polizisten.

Neben dem Stuhl des Mädchens geht die Polizistin in die Hocke, dann legt sie dem Mädchen eine Hand auf die Schulter und sieht ihm fest in die Augen:

Hör mir jetzt mal zu, Alina. Ich darf dich doch duzen, oder? Du könntest ja meine Tochter sein. Wir sind hier ganz unter uns. Die Vernehmung ist jetzt vorbei. Keiner will dir was. Du brauchst keine Angst zu haben.

Ich habe keine Angst.

Wieso zitterst du dann so?

Ich zittere überhaupt nicht, sagt das Mädchen und hält die rechte Hand hoch.

Und was ist mit deinem Fuß?

Ich wippe immer so mit dem Fuß, wenn ich nervös bin.

Hat dich jemand bedroht?

Nein, wieso?

Und wer hat dich nach Deutschland gebracht?

Ich habe es bereits gesagt. Ich habe keinen Zuhälter, ich bin ganz allein gekommen, aus freien Stücken.

Die Polizistin steht auf, sieht das Mädchen komplizenhaft an: Und das soll ich dir jetzt alles glauben?

Ich sage Ihnen nur die Wahrheit.

Und du hast auch nie mitgekriegt, dass man andere Mädchen bedroht oder misshandelt hat?

Doch, schon, ich hab's immer wieder gehört. Aber mir ist so etwas noch nie passiert.

Okay, sagt die Polizistin. Ich gebe dir jetzt eine Broschüre auf Rumänisch, sie ist ganz wichtig. Da drin steht alles, was man bei Gefahr tun muss. Und auch eine Telefonnummer. Man kann dort jederzeit vertraulich anrufen, auch nachts. Und hier ist meine Telefonnummer. Vielleicht fällt dir ja noch etwas ein. Und wenn du ein anderes Mädchen triffst, das vielleicht Hilfe braucht, dann erzähl ihm bitte von uns. Versprochen?

Okay.

Ich gebe dir noch ein paar zusätzliche Broschüren, okay?

Okay. Und was passiert jetzt?

Jetzt bringt man dich gleich zum Jugendamt. Darf ich dich dort morgen besuchen? Dann trinken wir zusammen einen Kaffee und rauchen eine, einverstanden? Um wieviel Uhr stehst du auf? Um neun, um zehn?

Egal.

Dann komme ich um halb zehn zu dir, okay?

Wie Sie wünschen.

Bis morgen also.

Bis morgen.

Komm, wir gehen, ruft die Polizistin ins Nebenbüro.

Die Polizistin und der junge Polizist verlassen den Raum. Der Kommissar kommt wieder zurück, setzt sich an seinen Tisch und beginnt zu telefonieren. Dann legt er auf und sagt:

In fünfzehn Minuten kommt der Fahrer und bringt dich zum Jugendamt. Und jetzt hör mir mal bitte gut zu. Ich gebe dir einen Tipp: Nicht dass du wieder auf die Idee kommst, Mist zu bauen! So etwas könnte schlimm für dich ausgehen. Man hat hier deine Fingerabdrücke und alles. Wenn man dich noch einmal mit so einem Ding erwischt, darfst du nie wieder nach Deutschland einreisen.

Machen Sie ihr das bitte ganz deutlich, sagt er dann zu mir.

Ich tue mein Bestes und rede auf das Mädchen ein.

Das Mädchen schaut mir in die Augen und nickt.

Nach zehn Minuten geht die Tür wieder auf. Ein Mann um die fünfzig betritt den Raum. Er wird von einer jungen Frau begleitet.

Hallo, sagen die beiden. Wir sind da.

Hallo, antworten der Kommissar, das Mädchen und ich.

Das Mädchen sieht mich an. Über ihr Gesicht huscht ein kindliches Lächeln:

Die kommen ja hier wohl immer zu zweit, wie?

Auf der Suche nach der gestohlenen Zeit

Der Unterschied zwischen Vergangenheit, Gegenwart und Zukunft ist für uns Wissenschaftler eine Illusion, wenn auch eine hartnäckige.

Albert Einstein

Wenn ich einmal groß bin
werd ich mich heiraten und
dann wird nichts mehr weh tun.

Oskar Pastior

26

Der Vater hatte Angst vor der Zukunft, er fürchtete, dass sich sein Leben nie verändern würde. Und wenn er schlief, hatte er manchmal Angst vor der Vergangenheit. Er war im 2. Weltkrieg gewesen und hatte immer noch Alpträume und manchmal schrie er im Schlaf.

Die Mutter war da etwas anders gestrickt, sie lebte so gut wie immer in der Gegenwart, und hatte immer nur Angst, dass sie heute wieder kein Brot, kein Fleisch, kein Gemüse oder kein Propangas zum Kochen bekäme, und dass das Einkaufsgeld bis zum Ende des Monats nicht reichen würde.

Auch hatte die Mutter manchmal Angst vor dem Vater, der sich zwischendurch immer wieder einen hinter die Binde goss, um seine Ängste vor der Zukunft wegzutrinken, und dann plötzlich unberechenbar wurde.

Diese Angst teilte sich die Mutter mit vielen anderen Frauen aus der Stadt. Sie warteten am Zahltag vor dem Fabriktor auf ihre Männer, um ihnen das Geld abzunehmen, damit sie es nicht in der Kneipe auf den Kopf schlugen und mit leeren Taschen und volltrunken nach Hause kamen.

Der Sohn hatte in seiner Kindheit vor allem Angst vor fliegenden Pusteblumensamen, weil ihm sein Freund Helmut gesagt hatte, das seien Gespensterseelen. Und dann hatte er noch Angst vor geöffneten Regenschirmen, wenn einmal ein geöffneter Regenschirm bei ihm zu Hause im Flur lag, geriet er sofort in Panik. Vielleicht weil die Regenschirme alle schwarz waren, genau wie die Zukunft, vor der sich der Vater so fürchtete.

Langsam wuchs er heran, und als er dann als junger Mann Angst vor dem Wahn des Diktators und der Securitate hatte, flüchtete er 1977 nach Deutschland. In Deutschland wiederum hatte man damals Angst vor den sowjetischen Nuklearraketen und dem Terror der Roten-Armee-Fraktion, und er wurde rasch von dieser Angst angesteckt. Er erinnert sich, dass er einen Tag nach seiner Ankunft in Düsseldorf ein Postamt betrat und dort ein großes Fahndungsplakat mit den Mitgliedern der Baader-Meinhof-Gruppe hing, und da wurde es ihm etwas mulmig zumute. Nachts wurde er bisweilen von Polizeisirenen geweckt, es ging damals in Düsseldorf zu wie in der TV-Serie ›Die Straßen von San Francisco‹.

Nun lebt er schon seit gut 35 Jahren in dieser Stadt, und die Ängste der Vergangenheit sind längst besiegt. Er hat nun vor gar nichts mehr Angst, außer vor dem Zusammenbruch der Weltwirtschaft, der Inflation, dem Euro-Zerfall, dem islamistischen Terrorismus, den Neonazis, den Tsunamis, den Erdbeben und den Atomkraftwerken. Und mit vor Antibiotika verseuchten Hähnchen. Nein, pardon! Die mit Antibiotika verseuchten Hähnchen waren gestern. Heute haben wir den Schmallenberg-Virus. Und den Fisch mit

Quecksilber, aber das ist ihm schon längst egal, denn man merkt es gar nicht beim Essen.

Und apropos Essen: Er war kürzlich in Bukarest, und ging dort mit ein paar alten Freunden ins Restaurant. Sie plauderten über dies und jenes, unter anderem auch über ihre gegenwärtigen Ängste, und nach und nach kam dabei heraus, dass seine Freunde aus dem Osten vor den gleichen Dingen wie er in Düsseldorf Angst hatten.

War das nicht toll?

Die *German Angst* und die osteuropäische Angst ähnelten sich nun wie ein dioxinbelastetes Ei dem anderen. Oder wie Willy Brandt es zeitgemäß ausdrücken würde: »Es ist zusammengewachsen, was zusammengehörte.«

Darauf hätte er sogar einen getrunken, wäre da nicht die Angst um seine Leberwerte gewesen.

27

Lieber Weihnachtsmann,

als ich noch klein war, lebte ich in Reschitz, im rumänischen Banat, und glaubte an Dich. Und wenn ich heute an Dich denke, fühle ich mich plötzlich wieder wie ein Kind, und deswegen schreibe ich Dir jetzt diesen Brief. Und zwar mit der Hand und nicht mit dem Laptop. Ich habe zwar eine Sauklaue, aber Du, lieber Weihnachtsmann, kannst ja jede Art von Schrift lesen, Du hast ja genug geübt, oder? Und ich fände es ganz blöd, Dir eine E-Mail zu schicken, denn du hast ja gar keinen PC, das weiß ich schon seit ich drei Jahre alt bin.

Ich hoffe, dass Du dich noch erinnerst: Du hast damals gar nicht Weihnachtsmann geheißen, sondern Christkindl. Ja, so nannten wir Dich zu Hause, und so nennt man dich manchmal im Ausland immer noch, zum Beispiel in Bayern. (War nur ein Witz, lieber Weihnachtsmann, Bayern ist natürlich kein Ausland, man kann dorthin genauso wie nach Mallorca auswandern.)

Und im Kindergarten hat uns Genossin Helga erklärt, dass Du, lieber Weihnachtsmann, in

Wahrheit Väterchen Frost heißen würdest. Du könntest gar nicht Christkindl heißen, denn Christus gebe es nicht. Das ist eine dumme Gans, meinte Mama, als ich ihr das erzählte, aber das hat sie nicht zu mir sondern zu Papa gesagt, und als ich es Genossin Helga sagte, kriegte ich Ärger, nur wegen des Christkindls.

Frost gab es damals im Winter monatelang, und es lag überall hoher Schnee, das war klasse! Aber gar nicht klasse war, dass wir nicht immer genug Holz hatten, um zu heizen. Doch wem das nicht passte, der konnte ja ein paar flotte Turnübungen machen, und schon war es ihm wieder schön warm.

Ja, lieber Weihnachtsmann, so war das, doch die guten alten Weihnachtszeiten kommen leider nie wieder. Man konnte damals eine Menge prima Sachen kaufen, es gab praktisch alles. Aber nicht auf dem Markt. Dort fand man leider bloß ein paar hässliche Kiefern anstelle von Tannenbäumen, wenn überhaupt. Also besorgte Papa immer einen super Tannenbaum aus dem Wald. »Eines Tages wird man dich noch erwischen, und dann werden wir ›Oh Tannenbaum!‹ ohne dich singen müssen«, meinte Mama.

Und der Weihnachtsbaum war geschmückt mit kunterbunt verpackten Pralinen, die man Salonzucker nannte. Waren die lecker! Und sie glitzerten wie tausend Sterne, aber leider nicht lange, bloß ein, zwei Tage, so lange bis sie in unseren Bäuchen verschwanden. Und wenn wir Glück hatten, lieber Weihnachtsmann, gab's manchmal sogar eine Orange zum Weihnachtsfest, die haben wir dann untereinander aufgeteilt. Und viele Jahre später lernte ich sogar den Geschmack von Bananen kennen, durch eine ganz leckere Zahnpasta mit Bananengeschmack.

Und wir konnten von Glück reden, lieber Weihnachtsmann, denn Mama hatte eine Cousine in Stuttgart, und von ihr bekamen wir alljährlich den Quelle-Katalog zugeschickt, dort haben wir uns am Heiligen Abend die vielen tollen Geschenke angeschaut.

Unsere Nachbarin, Tante Grete, hatte sogar noch mehr Glück als wir, denn sie hatte einen Bruder in München, der schickte ihr immer ein riesiges Geschenkpaket. Aber Tante Grete war sehr undankbar, denn statt sich darüber zu freuen, hat sie danach immer nur geschimpft, nur weil man ihr jedes Mal bei der Zollkontrolle fast den ganzen Inhalt klaute.

Lieber Weihnachtsmann, das alles kommt mir vor, als ob es gestern gewesen wäre. Und weißt Du, was heute passiert ist? Ich traf meinen Kindheitsfreund Helmut, und der sagte zu mir: »O Mann, Du hast dich aber verändert, du siehst ja jetzt aus wie der Weihnachtsmann!« Also, das brachte mich nicht gerade in Weihnachtsstimmung. Der sollte lieber mal selbst in den Spiegel schauen.

Aber Schwamm drüber, ich finde Weihnachten in Düsseldorf heutzutage genau so schön wie damals in Reschitz. Und sogar noch viel schöner, denn es gibt hier nicht bloß einen Weihnachtsmann, sondern hunderte, also einen wie Dich an jeder Straßenecke, und sie verteilen allerhand Geschenke, zum Beispiel schöne Werbeprospekte. Die kann man gratis mitnehmen und sie dann in die nächste Papiertonne werfen, für den Umweltschutz.

Und an vielen Hausfassaden hängen so große und starke Weihnachtsmänner wie Du, zur Zierde. Sie sind aus Kunststoff, aber ich denke, nächstes Jahr könnte man dafür arbeitslose Banker einstellen, sie könnten dann fast so hoch wie die Benzinpreise klettern.

Und gestern Abend haben wir schön gefeiert und tolle Weihnachtslieder gesungen, um daran zu erinnern, dass vor gut über 2000 Jahren Du, lieber Weihnachtsmann, uns geboren wurdest. Ähm, Pardon. Oder war es vielleicht der Nikolaus?

Ist doch egal, lieber Weihnachtsmann! Und danke für die vielen schönen Gaben! Morgen öffnen ja zum Glück die Läden wieder, und ich gehe dann mit den Kassenbons in die Stadt, um sie gegen noch schönere Gaben umzutauschen. Ich hoffe, dass es auch klappt. Drück mir bitte die Daumen!

28

Ach, wie schön die Zugreisen meiner Kindheit doch waren. In den Ferien fuhren meine Mutter und ich mit dem Zug aus meiner Heimatstadt Reschitz nach Temeswar, zu meinen Großeltern. Die zwei Städte lagen einhundert Kilometer voneinander entfernt, und die Fahrt dauerte um die vier, fünf Stunden. Aber nur dann, wenn der Zug nicht liegen blieb und man darin übernachten musste. Trotz der langen Fahrt kam nie Langeweile auf. Ich bewunderte immerfort die dahinziehende Landschaft oder vertrieb mir die Zeit durch hochinteressante Kurzlektüren. In den vorbeiziehenden Kleinstädten und Dörfern waren an vielen Mauern und Lagerhallen gigantische Inschriften mit roten Lettern angebracht, die ich nach dem Erlernen des Alphabets stolz entzifferte:

›Es le-be der glor-reiche So-zia-lis-mus! Es le-be der Kampf ge-gen den Kap-pi-ta-lis-mus!‹

Und unter jedem Zugfenster gab es ein kleines Metallschild, auf dem ein knapper Satz stand: ›Nicht aus dem Fen-ster spu-cken!‹

Dies war ein höchst merkwürdiges Verbot, ich las es meiner Mutter laut vor und wusste nichts damit anzufangen. Aber die neben mir sitzenden Pendler schon: Der ein oder andere stand gelegentlich auf, ließ das Fenster herunter, und beförderte seinen Speichel ins Freie.

»Dieser Rüpel«, murmelte dann jedes Mal meine Mutter und schüttelte mit dem Kopf, denn sie sah es offensichtlich als krassen Zivilisationsbruch. Aber vielleicht spuckten diese Männer lediglich aus Protest, und zwar auf die Anordnungen des sozialistischen Staates, dem man sich immer zu fügen hatte.

Der Widerstand gegen die Diktatur konnte manchmal ganz sonderbare Formen annehmen.

Eine weitere hoch interessante Lektüre bot mir der unter jedem Zugfenster stehende Satz: ›Nu vă plecaţi in afară!‹ Das ist Rumänisch, und heißt ›Nicht hinauslehnen!‹ Dieser deutsche Satz stand unter dem rumänischen, und danach folgten drei weitere Übersetzungen: Zuerst ins Französische,

›Ne pas se pencher au dehors!‹,

danach ins Englische,

›It is dangerous to lean out!‹

und schließlich ins Italienische.

Ich fand all diese Aufforderungen faszinierend in ihrer semantischen Undurchschaubarkeit, doch am tollsten fand ich die italienische Anweisung. Denn beim lauten Aussprechen klang sie so wohltuend in meinen Ohren, wie ein kleines Gedicht, wie ein Mini-Haiku der Zugfahrt sozusagen:

È
pericoloso
sporgersi!

Ich möchte mich jetzt nicht allzu sehr aus dem Fenster lehnen, aber, wie man hier sieht, hatte ich schon mit sieben Jahren ein sicheres Gespür für die Poesie. Jedenfalls frage ich mich nun, ob diese mehrsprachigen Schilder über die Dichtkunst hinaus auch einem pragmatischen Zwecke dienten, denn in den Zügen meiner Kindheit gab es nie einen Ausländer. Ob der ein oder andere Zug womöglich ins Ausland fuhr? Wohl eher nicht, und wenn ja, dann nur ohne Passagiere, denn wer durfte damals schon aus Rumänien ausreisen?

Reiseverbot hin oder her, es war schön mit der Bahn zu fahren. Der von einer Dampflokomotive gezogene Zug kroch bisweilen derart entspannt dahin, dass man ihn zu Fuß hätte überholen können, ganz locker. Und wenn er etwas schneller fuhr, wackelten die Waggons auf den betagten Schienen wie ein durchgeknalltes Schaukelpferd, während die Räder quietschten, pfiffen und ratterten, und meine Mutter inbrünstig für eine heile Ankunft betete.

Ich aber winkte den mageren Kühen auf der Weide frohgemut zu, und den neben den Gleisen wachsenden Pflaumenbäumen, aus deren Früchten man Ţuica brannte. Man trank damals den Ţuica überall, also auch im Zugabteil. Während der Zugfahrt ließen die Pendler gemütlich eine Flasche Ţuica kreisen und nahmen der Reihe nach einen tiefen Schluck daraus, bis sie ganz leer war. Und wenn sie dann in ihren Dörfern ankamen, torkelten sie so fröhlich und ausgelassen herum wie die Matrosen bei stürmischer See.

Ach ja, damals war noch richtig etwas los in den Zügen. Und heute? Ich rase mit dem ICE von Düsseldorf nach Frankfurt, und statt Ţuica wird überall

Kaffee getrunken. Das Fenster lässt sich nicht öffnen, wegen der Klimaanlage, und links neben dem Fenster thronen zwei wortlose Schilder: Auf dem ersten sind ein paar durchgestrichene Füße auf einer Bank zu sehen, auf dem zweiten ein durchgestrichenes Handy.

Und was machen die zwei pubertierenden Jungs neben mir? Sie haben ihre Füße auf die gegenüberliegenden Sitze gelegt und brüllen wie am Spieß in ihre iPhones. Schon seit zehn Minuten geht das so, es ist nicht auszuhalten. Als meine Frau anruft, schaffe ich es nur mit Mühe und Not, mich mit ihr zu unterhalten. Um die beiden zu übertönen, muss ich regelrecht gegen sie anschreien, mindestens zehn Minuten lang. O tempora, o mores!

Ich setze meine Headphones auf , schalte die MP3 mit Jimmy Hendrix ein, und drehe voll auf, um wenigstens akustisch in die guten alten Zeiten einzutauchen.

Dann lege ich meine Beine auf den gegenüber liegenden Sitz und relaxe.

29

1965 war ich mitten in der Pubertät und großer Kinofan. Ich war zwar 15, sah jedoch aus wie 16 oder 17, was mir aber nicht weiterhalf, denn bei den Filmen, die mich am meisten interessierten, war leider erst ab 18 Einlass. So musste ich mich mit den übriggebliebenen Kunststreifen zufriedengeben, beispielsweise mit den sowjetischen Filmen, wo Aljoscha und Natascha Hand in Hand nicht ins Schlafgemach, sondern in den Komsomol eintraten, den kommunistischen Jugendverband. Aber alle Jahre wieder liefen zum Glück auch noch einige hochinteressante mir zugängliche Produktionen. Eine davon hatte es mir ganz besonders angetan, der französisch-italienische Film ›Madame Sans-Gêne‹.

Madame Sans-Gêne, eine von Sophia Loren gespielte Wäscherin, die mit allen weiblichen Rundungen gesegnet ist, verliebt sich in einen Offizier Napoleons und steigt durch die Ehe mit diesem zur Herzogin auf.

Obgleich mich die Plotentwicklung ziemlich kalt ließ, verlieh ich diesem Streifen begeistert das Spitzenprädikat ›besonders wertvoll‹, dafür hatte eine einzige Szene durchaus gereicht: Madame Sans-Gêne, gebeugt über einen Holzbottich mit dampfendem Seifenwasser, schrubbt Wäsche, mitten auf einem Marktplatz.

Sie entpuppt sich dabei als großartige Vorläuferin des Wetlooks, denn sie trägt eine hauchdünne, durchsichtige, durch das Waschen genässte Leinenbluse mit riesigem Ausschnitt, durch die ihre üppigen Brüste fröhlich und vital leuchten.

Ganz in Madames Nähe schieben einige Napoleon-Soldaten im blauem Uniformrock und stolzem Zweispitz eine massive Stahlkanone durch die Gegend. Da gibt die fröhliche Wäscherin das Schrubben plötzlich auf und packt mit an, wonach ein aufmerksamer Soldat ihr das Schieben zu erleichtern versucht, indem er sich ihr von hinten nähert, sie kräftig am ründlichen Allerwertesten packt und grinsend nach vorne schiebt. Anschließend fasst er ihr noch kräftiger an die Brüste, wodurch er sich eine saftige Ohrfeige einfängt. Schnitt, nächste Szene, das war's.

Der Film lief eine Woche lang, nicht nur nachmittags, sondern auch um elf Uhr morgens. Ich war damals in der 7. Klasse, und es traf sich gut, dass der Unterricht wegen Klassenraumknappheit zweischichtig lief und in dieser Woche für mich erst um 13.30 Uhr begann, so hatte ich genügend Zeit, vor der Schule täglich ins Kino zu gehen.

Ich sah diesen Film fünfmal, zusammen mit meinem Freund Nicu.

Nicu war in derselben Klasse wie ich, und es war für mich eine Ehre und ein großes Glück, mit ihm befreundet zu sein, denn er hatte eine Tante, die war Kartenabreißerin in diesem Kino, und wenn der Film bereits lief, ließ sie uns kostenlos in den Saal.

Wir saßen mit halboffenen Mündern im Dunkeln und starrten gebannt auf die Leinwand. Ach, wie gerne hätten wir nicht bloß eine, sondern hunderte von Ohrfeigen von Madame Sans-Gêne in Kauf genommen, wenn wir ihr dafür nur ein einziges Mal, wie der selige Napoleon-Soldat, in die Hinterbacken oder an die Brust hätten fassen können. Und immerfort übten wir uns nach dem Kinobesuch in knappen, auf das Wesentliche fokussierte Filmanalysen:

»Ey, hast du gesehen, wie der Typ ihr an diese dicken Titten gepackt hat? Wahnsinn.«

»Und danach an den Arsch, mit beiden Händen.«

»Und diese Nippel. Durch die Bluse konnte man praktisch alles sehen. Irre.«

Und während uns das gigantische Feuerwerk der Hormone in einen euphorischen Sinnesrausch versetzte, zerbrachen wir uns vergeblich den Kopf über eventuelle Möglichkeiten, selbst in den Genuss solch kinoreifer Handlungen wie die des Napoleon-Soldaten zu gelangen. Bis Nicu eines Tages eine rettende Idee hatte: »Wir könnten ja Medizin studieren und Gynäkologen werden!«, sagte er.

Dann machte er mir ausführlich klar, dass der Gynäkologe der König unter den Ärzten sei, denn er dürfe nicht nur einer Frau an die Brust fassen, sondern unzähligen, und ja, er müsse es sogar tun und bekäme auch noch Geld dafür. Das wusste Nicu von Radu, der es wiederum von seinem Vater wusste, und dieser hatte von solchen Dingen wirklich Ahnung, denn er war zwar kein Gynäkologe, aber immerhin Tierarzt.

Ich dachte gründlich nach über das Ganze. Also, wenn das so war, konnte man mit diesem Beruf wirklich nichts falsch machen.

Und daher beschloss ich, ebenfalls Gynäkologe zu werden.

Aber als blauäugiger Teenie schmiedet man so manch hirnrissigen Plan, und wen wundert's, dass ich meinen durch Madame Sans-Gêne aufkeimenden Berufswunsch nach kurzer Zeit begrub und nur zwei Monate später, nach der Lektüre von Roald Amundsens Aufzeichnungen »Die Eroberung des Südpols«, auf Polarforscher umsattelte.

Nach den Sommerferien zog Nicu plötzlich mit seinen Eltern nach Bukarest – sein Vater bekam dort eine Stelle als Straßenbahnfahrer – und wir verloren uns aus den Augen, bis ich ihn letztes Jahr via Internet-Suchmaschine erfreut aufspürte. Er war immer noch in der rumänischen Hauptstadt ansässig, und da ich dort zufällig bald etwas zu erledigen haben würde, vereinbarten wir ein Treffen in der Altstadt, auf der Lipscani-Straße.

Kurz vorher schickte mir Nicu eine warnende E-Mail: Ich solle bitte keineswegs zu Fuß, sondern mit dem Auto zu unserer Begegnung kommen, und vorher solle ich unbedingt volltanken, damit mir der Sprit nicht ausgehe, wenn ich einmal um ihn herum fahren würde, um ihn in seinem vollen Umfang bewundern zu können.

So schlimm war es dann aber auch wieder nicht, er war inzwischen zwar um einiges fülliger als Bud Spencer geworden, aber es ging lediglich die Hälfte meines Sprits drauf, als ich ihn mit dem Auto umkreiste. Sein Haar war lichter geworden, und er trug eine dicke Brille, doch darunter funkelten seine Augen wie früher, und er hatte seinen Humor und seine erfrischende Selbstironie nicht verloren.

Es ist wohl überflüssig noch hinzuzufügen, dass Nicu tatsächlich Gynäkologe geworden war und diesen Beruf nun schon seit 35 Jahren ausübte.

Er hatte inzwischen tausende von Frauen behandelt und ihnen Geburtshilfe geleistet.

Diese durch seine Arbeit geborenen Kinder waren inzwischen größtenteils schon erwachsen, und sie hätten zusammen ein kleines Städtchen bilden können, mit ihm als Bürgermeister im weißen Kittel. Ich war beeindruckt.

Nicu sprühte vor Energie, er war ein richtiges Arbeitstier, und zusätzlich zu seiner Tätigkeit als Frauenarzt verdingte er sich auch noch zweimal wöchentlich als Schönheitschirurg. Er saugte Fett ab, straffte müde Augenlider und unterspritzte Falten, aber hauptsächlich führte er Brustvergrößerungen durch, das tat er am allerliebsten.

Chapeau, er war Madame Sans-Gêne bis auf den heutigen Tag treu geblieben.

30

Zu meiner Schulzeit gehörte ab der 5. Klasse auch eine Fremdsprache zu den obligatorischen Fächern, und das war Russisch. Rumänien war damals Teil des Ostblocks und die Großmacht Sowjetunion und damit auch Russland zeigte den anderen osteuropäischen Ländern, wo es lang zu gehen hatte, auch im Bereich der Sprachen. Aus reinster Geschwisterliebe, versteht sich, und wenn ein Bruderland es nicht kapieren wollte, bekam es was hinter die Bruderohren.

Latein und Griechisch seien die Sprachen der Antike gewesen, Russisch aber sei die Sprache der goldenen Zukunft, so die damalige Sowjetpropaganda. Alles, was aus dem Westen kam, zum Beispiel Französisch oder Englisch, war schlecht, und alles, was aus Moskau kam, also auch Russisch, war einsame spitze.

Und so musste ich halt ab der 5. Klasse Russisch lernen, was mir jedoch überhaupt nichts ausmachte. Wieso die Erwachsenen beim Wort Russisch immer so komisch die Nase rümpften, war mir völlig schleierhaft, und sie vermochten auch nicht es mir zu erklären. Mir gefiel Russisch schon gleich ab der ersten

Stunde ganz gut, denn ich durfte im Unterricht immer dort sitzen, wo ich gerade Lust hatte, zumal ich eine sehr nette Russischlehrerin hatte. Sie kam aus Russland und war mit einem Rumänen verheiratet. Sie war eine Seele von Mensch und ihre Warmherzigkeit übertrug sich wohltuend auf ihr Fach.

Von ihr gesprochen klang Russisch wie Musik, wenn auch bei weitem nicht wie die Musik der gerade erschienenen und mich um den Verstand bringenden Beatles, wir wollen mal auf dem Teppich bleiben.

Als ich dann in der 9. Klasse aufs Gymnasium ging, lernte ich weiterhin Russisch mit der selben Lehrerin, und ich bekam mit, dass sie Tolstoj, Tschechow und Puschkin für ihr Leben gern mochte, Lenin, Stalin oder Chruschtschow hingegen überhaupt nicht.

Ich kenne heute noch eine für den Unterricht erlernte Strophe aus Puschkins »Jewgenij Onegin« auswendig. Wie sagt nur die schöne, aber leider verheiratete Tatjana zum ihr nachstellenden Jewgeni:

Я вас люблю (к чему лукавить?),
Но я другому отдана, —
И буду век ему верна.

Ich liebe Sie, (wozu lügen?),
Aber ich habe mich einem anderen verschrieben-
Und werde ihm ewig treu sein.

Das ist zwar schön gesagt und hört sich großartig an, schade nur, dass meine Russischkenntnisse damit aufhören. Ich kenne zwar noch ein paar Wörter wie Wodka, balschoj, Balalajka oder Datscha, aber das dürfte zur Verständigung kaum reichen.

Das ist freilich schade, denn ich bin oft in Berlin, und so könnte ich Russisch gut gebrauchen, bei meinen alltäglichen Begegnungen oder wenn ich in einem Café sitze und neugierig dem Gespräch am Nebentisch lausche.

Aber bald fliege ich nach Sankt Petersburg, dort komme ich auch ganz ohne Russisch klar. Die Kellner sollen dort alle Deutsch sprechen.

31

Die Rolling Stones gibt es nun schon seit über 50 Jahren: Chapeau. Aber wozu sich in falscher Bescheidenheit üben: Mich gibt es sogar noch länger. Das soll jetzt aber freilich nicht heißen, dass ich zu den Konzerten der Methusalem-Musiker altersbedingt am Stock gehe. Ganz im Gegenteil, ich bringe es noch locker fertig Bäume auszureißen, bzw. auf Bäume zu klettern, wie Keith Richards, der in meinem Alter auf den Fidschi-Inseln auf eine Palme kletterte und auf den Kopf fiel. Respekt! Was uns nicht umbringt, bringt uns zum Weitersingen.

Als die Stones 1962 ihre Band gründeten, lebte ich als Teenie in Rumänien, und beim 1965 auf den Markt gebrachten Song ›I Can't Get No Satisfaction‹ trällerte ich mit Jagger den Text zustimmend mit. Nicht bloß er, sondern auch ich konnte im Alltag null Befriedigung finden, wenn auch aus ganz anderen Gründen. Einer davon war, dass die Stones im damaligen Rumänien als fleisch- bzw. musikgewordene westliche Dekadenz verpönt waren. Im real existierenden Sozialismus gab es keinen Platz für solch fortschrittsfeindliche Töne, man musste links-zwo-dreivier im Marschtempo und pausenlos zum sonnigen Gipfel des Kommunismus marschieren.

Die von diesem sozialistisch-alpinistischem Unterfangen ablenkende Stones-Musik erlebte man lediglich im Rundfunk, doch leider nicht im rumänischen, sondern bei Radio Free Europe. Das war der feindliche Propagandasender aus München, und ihn zu hören war strengstens verboten, was die tolle Auswirkung hatte, dass meine Freunde und ich, wann immer wir ein wenig Zeit hatten, ihn begierig einschalteten.

Bei geschlossenen Türen und Fenstern natürlich, damit die Securitate nicht mithörte.

Bei unseren Schüler-Partys im Halbdunkel des Waschkellers, weit entfernt von den Augen und Ohren der Eltern, feierten wir damals des Öfteren mit der brandneuen Stones-Single ›Have you seen your Mother, Baby, Standing in the Shadow‹, eingeschmuggelt von meiner Tante aus Nürnberg.

Als Stones-Mitglied Brian Jones 1969 starb, stand ich kurz vor dem Abitur, und mein Cousin und Mitschüler Nelu und ich trugen eine Woche lang Trauerflor an der Schuluniformjacke. Auf die mitfühlende Frage des Schuldirektors, was denn Schlimmes passiert sei, logen wir zwar, dass unsere Oma das Zeitliche gesegnet habe, aber unsere Trauer war absolut echt. Und so bekamen wir einen unterrichtsfreien Tag für die Beerdigung, den wir freilich dazu nutzten, um uns versteckt im Stadtpark über die Stones zu unterhalten.

Zu unserer großen Freude stellten diese phänomenalen Bad Boys die Welt auf den Kopf. Die Farbe des Kommunismus war rot, wie auch die Flagge des sowjetischen Bruderstaates und des fünfzackigen

Sternes im rumänischen Nationalwappen, es gab laut Staatspropaganda nichts Schöneres als das Knallrote auf der Welt, und was sang da plötzlich dieser Nichtsnutz von Mick Jagger? Paint it black! ›No colors anymore, I want them to turn black‹ (›Keine Farben mehr, ich möchte alles in schwarz umwandeln‹).

Ein derart krasser Pessimismus war im Sozialismus jedoch strengstens untersagt, der Mensch hatte sich über sein Schicksal unablässig zu freuen, was den Song natürlich doppelt so gut machte.

Im Gegensatz zu meiner Stones-Liebe bewunderten meine Eltern eher die klassische Musik, vor allem, weil sie ganz einfache Leute waren und überhaupt nichts davon verstanden. Und so schickten sie mich nach der Schule zum Klavierunterricht, damit wenigstens ich Bach und Beethoven näher kam, was ich für völlig falsch hielt. Denn erstens hatte das Klavier unzumutbar viele Tasten, nicht nur weiße, sondern auch noch schwarze. Wie sollte ich sie alle gleichzeitig beherrschen lernen?

Und zweitens spielten Jagger und Keith Richards Gitarre.

Und drittens ließ sich eine Gitarre, falls man eines Tages die Nase voll davon haben sollte, effektvoll zerschlagen oder verbrennen, wie der psychedelische Rocker Jimmy Hendrix bei seinen Auftritten bewiesen hatte.

Also ließ ich den Klavierunterricht nach kürzester Zeit sausen und lernte stattdessen Luftgitarre zu spielen, ein Musikinstrument, mit dem ich übrigens auch heute noch gelegentlich auftrete. Aber es ist immer gut, zwei Eisen im Feuer zu haben, also lernte ich damals gleichzeitig auch noch Schlagzeug zu spielen, nach dem Vorbild des Stones-Drummers Charlie Watts. Da im sozialistischen Handel jedoch weder Schlagzeuge noch Trommelstöcke zu bekommen waren, ersetzte ich das Schlagzeug durch die Schulbankplatte und die Stöcke durch meine Hände. Und ich ließ mich vom hartnäckigen Üben nie abbringen, auch dann nicht, wenn man mich aus dem Unterricht warf. Dann übte ich auf dem Flur weiter.

Ach, die Jugend. Und wie ist es heute? Heute hat sich alles verändert. Ich wohne in einem vierstöckigen Haus, und wenn ich ab und zu mal mangels Schulbank Schlagzeug auf dem Heizkörper spiele, beschwert sich sofort der Nachbar von unten, wegen Lärmbelästigung. Kein Wunder, der Mann ist noch ziemlich jung und hat von den Rolling Stones keinen blassen Schimmer.

32

In der Tristesse Reschitzas, der grauen Industriestadt, in der ich meine Schulzeit verbrachte, brachten nicht bloß die Rolling Stones den Stein ins Rollen, sondern auch die Beatles sorgten für heftige Adrenalinschübe bei uns Teenies. Hörten wir deren Songs in den späten Sechzigern im Auslandsradio oder auf den aus dem Westen ins Land geschmuggelten Schalplatten, wurde die öde Fabriklandschaft mit ihren umherziehenden Ruß- und Rauchwolken zu *Strawberry Fields Forever*, zu ewigen Erdbeerfeldern. Und wie in dem Song ›Lucy in the Sky with Diamonds‹, schwebte ich dann plötzlich in einem funkelnden Diamantenhimmel. Trotz PCR und ganz ohne LSD. PCR war übrigens die Abkürzung für die Rumänische Kommunistische Partei und LSD nicht bloß eine halluzinogene Hippie-Droge, sondern auch die Abkürzung des obigen Beatles-Songtitels.

Drogen gab es damals zwar keine in Rumänien, doch viele Söhne des Arbeiter- und Bauernstaates ersetzten sie durch billigen Fusel in der Kneipe, aber das nützte nichts. Der sozialistische Alltag war auch im sturzbesoffenen Zustand kaum zu ertragen.

Nicht bloß die genialen Beatles-Songs katapultierten mich auf Wolke sieben, sondern auch der subversive, absurde Humor der Band-Mitglieder hatte es mir schwer angetan.

Mit diesen Jungs konnte ich mich identifizieren, und zwar bis zur Selbstaufgabe. So fühlte ich mich in der 11. Klasse einen Sommer lang nicht mehr als Jan, sondern nur noch als John Lennon. Und konsequenterweise nannte ich mich dann auch so und reagierte nur noch auf diesen Namen.

»Ist John zu Hause?«, wurde meine Mutter gefragt, wenn meine Freunde an unserer Wohnungstür schellten.

Und gerade als sie sich einigermaßen an meine neue Identität gewöhnt hatte und ebenfalls begann, mich John zu nennen, schaltete ich um, auf Ringo. Denn von Ringo Starr war ich plötzlich noch beeindruckter als von Lennon, nicht nur, weil er den lustigen, federleichten Song ›Octopus's Garden‹ geschrieben hatte, in dessen musikalisch-psychedelischem Schatten tief auf dem Meeresboden ich gedanklich stundenlang herumhing, sondern auch, weil er auf die Frage eines Reporters, wieso er so zahlreiche dicke Ringe an den Fingern tragen würde, aufschlussreich geantwortet hatte: »Damit ich mir die Finger nicht in die Nase stecken kann.«

Das war ein Statement, mit dem ich wesentlich mehr anfangen konnte, als mit allen zu Hause und in der Schule beigebrachten Benimmregeln zusammen.

Beim langfristigen Herumtollen im Oktopusgarten auf dem Meeresboden hatte ich überhaupt keine Atemprobleme, meine Ururutvorfahren hatten ja schließlich alle unter Wasser gelebt, und wenn ich mal die gedankliche Rückentwicklung zum Meereswesen nicht hinbekam, stieg ich ganz locker ins ›Yellow Submarine‹, das beste U-Boot der Welt, um damit unterzutauchen, die Ohren voller Beatles-Musik.

Der Zugang zu den Texten der Beatles-Songs war eine Sache für sich. Ich hatte damals leider keinen Englischunterricht in der Schule, aber ich schnappte mal hier ein Wort eines Songtexts auf, mal da ein anderes, und irgendwann sang ich den ganzen Wortlaut des Liedes mit. Ich kann auch heute noch den Songtext von ›I Am The Walrus‹ auswendig aufsagen, besser gesagt begeistert nachträllern:

»I am you as you are he as you are me and we are all together.
See how they run like pigs from the gun…
Sitting on a cornflake,
waiting for the van to come.
I am the walrus
goo goo g'joob.«

Was auf gut Deutsch so viel heißt wie:

»Ich bin du denn du bist er denn du bist ich und wir sind alle zusammen.
Sieh mal wie sie wegrennen wie Schweine vor einer Flinte…
Sitz' auf einer Haferflocke,
Warte auf den Lieferwagen.
Ich bin das Walross
gruu gruu grunnz.«

Das war das komplette Kontrastprogramm zu den auswendig zu lernenden Gedichten über Vaterlandsliebe, Sieg des neuen Menschen und der Partei und derlei lexikalischen Propagandamist.

Jawohl, besser konnte man es nicht sagen. Aber was denn sagen? Was will uns der Dichter mit diesem Gedicht mitteilen, was lernen wir daraus? Zum Glück gar nichts. Nothing at all, der Dichter pfeift auf die Botschaft. Er will bloß lachen, spotten, demontieren und jeden Oberlehrer auf Textsinnsuche in die Pfanne hauen. Alles, was zählt, ist Musik, Albernheit und Lebenslust. Bloß die hat man zu zelebrieren. Oder wie John Lennon es kurz vor seinem Tod einmal ausdrückte:

»Als ich fünf Jahre alt war, hat mir meine Mutter immer gesagt, dass Fröhlichkeit das wichtigste im Leben ist. Als ich in die Schule kam, wurde ich gefragt, was ich sein will, wenn ich groß bin. Ich schrieb ›fröhlich‹. Sie meinten, ich hätte den Arbeitsauftrag nicht verstanden. Ich sagte ihnen, sie hätten das Leben nicht verstanden.«

Dem bleibt nichts hinzuzufügen, und so setzen wir hier fröhlich einen Punkt.

33

Nicht nur die Musik der Beatles und ihre zwischen Sinn und tiefem Unsinn schwankenden Songtexte waren fantastisch, bei den Fabulous Four stimmte einfach alles. Auch ihr Aussehen war perfekt, denn sie trugen ja lange Haare. Auf so etwas Geniales wäre ich von selbst nicht gekommen.

Meine Eltern und Lehrer fanden dies jedoch weniger toll. »Guck mal, so hat eine ordentliche Frisur auszusehen! Die Ohren und der Nacken müssen frei bleiben, wie bei mir!«, belehrte mich mein düster dreinblickender Vater, wenn meine Haarlänge ihm zu missfallen begann. Aber es gab für mich nichts Erstrebenswerteres als ohren- und nackenbedeckendes Haar, und ich konnte kaum erwarten, in Temeswar auf die Uni zu kommen, um dort meine Beatles-Gesinnung sichtlich zu machen.

Auch auf staatlicher Ebene war langes Haar ein Tabu. Es war laut Staatspropaganda abartig, und wer es trug war angeblich arbeitsscheu. Der neue kommunistische Mensch hatte seine Heldentaten zum Wohle der Arbeiterklasse mit ordentlicher Frisur, also mit kurzem Haar zu vollbringen. Daher mussten wir, die

Studenten, unsere Haare im Versteck der erhobenen Jackenkragen gedeihen lassen, was aber nichts brachte. Die Polizei sammelte die Langhaarigen immer wieder ein, anhand eines durch die Stadt kurvenden Kleinbusses mit vergitterten Fenstern, und so brachte man auch mich alle paar Monate zum Frisör, wo man mir einen Kurzhaarschnitt verpasste, der sich im Einklang mit den Idealen des Kommunismus befand. Zum Nulltarif. Was tat der Staat nicht alles, um dem neuen sozialistischen Menschen ein menschenwürdiges Outfit zu verleihen.

Das war das tragische Schicksal eines jeden Langhaarigen: So wie der Weg allen Fleisches im Grabe endet, endeten seine Wege eines Tages unausweichlich in einem Frisörsalon.

Lediglich mein Kommilitone Kamo kam ungeschoren davon. Er kannte einen Filmregisseur in Bukarest, der ihn einen Sommer lang in einem historischen Streifen mitspielen ließ, als Komparse. Die Handlung spielte im Mittelalter. Kamo durfte als Leibeigener eines Grafen zwei, drei Mal durch das Bild huschen, und das Drehbuch erforderte für seinen Auftritt lange Haare. Und dazu übrigens auch noch einen Vollbart. Aber der Requisiteur verfügte über lediglich ein Dutzend Perücken, die jedoch bereits alle an die restlichen Leibeigenen aus dem Film verteilt worden waren.

Man bestellte zusätzliche Perücken, doch der restlos überforderte sozialistische Handel konnte noch nicht einmal die für den Markt erforderlichen Grundnahrungsmittel liefern, geschweige denn Perücken für historische Filme. Und so durfte bzw. musste Kamo seine Haare lang wachsen lassen, und auch seinen Bart. Dafür hatte er sogar einen offiziellen Wisch bekommen, mit dem offiziellen Stempel des Filmstudios Bukarest, vom Zweitregisseur persönlich unterschrieben. Der Text lautete folgendermaßen:

Berechtigung zum Tragen von langem Haar und Vollbart
Genosse Kamocsa Bela mit Wohnsitz in Temeswar spielt mit in unserem historischen Film ›Die Mitgift der Prinzessin Ralu‹ und ist daher verpflichtet lange Haare und Vollbart zu tragen.

Wir fügen hinzu, dass er dadurch keineswegs berechtigt ist, eine asoziale Haltung einzunehmen, weder auf der Straße noch an seiner Arbeitsstätte.

Besser konnte man es kaum erwischen!

Eines Tages machte sich Kamo einen Jux daraus, vor der Polizeidienstelle so lange hin- und her zu marschieren, bis man ihn schroff ins Gebäude bat, um ihm Fragen zu seiner abartigen Frisur zu stellen, worauf er ganz locker seinen Ausweis aus Bukarest herauskramte.

Es sei ihm eine große Freude gewesen, das herunterfallende Kinn des seinen Ausweis begaffenden Polizisten zu betrachten, wie er mir danach voller Stolz erzählte, während wir uns beide halbtot lachten.

So war das damals, auch haarige Angelegenheiten konnten einem reichlich Spaß machen.

Und wie sieht es heute aus?

Ich war kürzlich in Temeswar und sah, dass dort nun so gut wie alle Jungs mit kurzen Haaren herumliefen, und zwar freiwillig. Und auch in Düsseldorf sieht es leider nicht anders aus.

Nur mein Freund Gerd aus Köln trägt noch seine alte, rebellische Hippie-Mähne. Sie ist zwar schon längst schlohweiß, doch das hat den Vorteil, dass Gerd nun für seinen Enkel Philip den Weihnachtsmann spielen kann, ganz ohne Perücke.

Meine Freunde Thomas, Matthias und Helmut hingegen haben jede Form der haarigen Jugendrebellion schon längst aufgegeben. Nachdem sie alle auf dem Markt vorhandenen Haarwuchsmittel ausprobiert haben, tragen sie nun eine Glatze und trällern frustriert vor sich hin: ›Yesterday, all my troubles seemed so far away…‹

Ach, die Beatles, sie sind immer noch so präsent.

34

Oft träumte ich in den 70ern von einer Reise nach Budapest. Obwohl Budapest noch nicht einmal 300 Kilometer von Temeswar entfernt lag, war diese Stadt für mich schlicht unerreichbar. Man konnte nicht einfach so ein Touristenvisum für Ungarn bekommen. Ungarn war zwar das sozialistische Bruderland Rumäniens, aber es hatte in den Augen der damaligen rumänischen Regierung einen kleinen Schönheitsfehler: Es lag leider westlich von Rumänien und grenzte an Österreich. Und Österreich grenzte wiederum an die Schweiz, an Italien und West-Deutschland, also wer beide Füße nach Budapest setzte, befand sich praktisch bereits mit einem Fuß im Westen, beim Klassenfeind. Daher durfte man Budapest nicht einfach mal so besuchen, aus Jux und Dollerei, es sei denn, der kommunistische Staat war mit diesem verdächtigen Unterfangen einverstanden, was bei mir leider nicht der Fall war.

Ich hätte wohl auch ein Touristenvisum für die Sowjetunion beantragen können, aber dieses Bruderland interessierte mich einen feuchten Staub, denn es lag ja sogar noch östlicher als die Wallachei.

Es kommt immer auf die Perspektive an: Für die Sowjets war ich wiederum ein Wessi, wie die Ungarn und die Ostdeutschen für mich Wessis waren, und die Westdeutschen sowieso. Die Ukrainer, die Weißrussen und die Russen kamen genau so gerne nach Rumänien, wie ich nach Ungarn gefahren wäre. In Rumänien kauften sie dann Salami, Geschirr, Getränke, allerhand verrosteten Kram und alte und neue Kleidung, die ich nie und nimmer angezogen hätte. Ich trug mit Vorliebe im Handel nicht vorhandene Anziehsachen, beispielsweise weite Schlaghosen, wie die beneidenswerten Hippies im Westen, geschneidert von meiner Tante, nach Vorbild des Quelle-Katalogs.

Man tat sein Bestes, um mit dem Westen Schritt zu halten. An der Uni hatte ich einen Kommilitonen namens Stefan, er rauchte sogar westliche Zigaretten, Marke Kent.

Die Kent-Zigaretten waren sündhaft teuer und nur unter der Hand erhältlich. Sie kamen aus den USA und wurden in Rumänien regelrecht verehrt, denn das Land der Freien und Glücklichen lag ja noch westlicher als West-Deutschland. Sie waren sozusagen eine Art Ticket ins Paradies. Wer Kent rauchte, der befand sich ja schon in den USA, zumindest mit der Nasenspitze, oder besser gesagt mit dem gesamten Atemapparat.

Ich konnte mir damals zwar keine Kent-Zigaretten leisten, aber mein Kommilitone Stefan schon. Sein Vater war Arzt im örtlichen Krankenhaus und bekam immer wieder ein Päckchen von seinen Patienten zugesteckt, damit er bei der Operation gut aufpasste und ihnen nicht ein gesundes Bein amputierte. Er hatte inzwischen einen riesigen Berg von Kent-Päckchen angesammelt, und es fiel ihm nicht auf, wenn sein Amerika liebender Sohn mal ein Päckchen davon mitgehen ließ.

Und so rauchte Stefan des Öfteren Kent-Zigaretten, und ich stellte mich dann neben ihn und atmete den betörenden Duft des Westens tief ein, zum Nulltarif, und es war mir dann so, als befände ich mich plötzlich in New York oder Los Angeles, so lange, bis die Zigarette verglimmt war.

Alle schauten damals nach Westen, und man tut es im Osten auch heute noch. Niemand nimmt sich gerne als Ostler wahr, der Osten wird im Allgemeinen mit Rückstand, Armut und Korruption assoziiert.

Und mit Dingen wie Korruption möchte man bekanntlich nichts zu tun haben, vor allem dann nicht, wenn man sie selbst praktiziert.

Die Westler andererseits halten sich für besonders fortschrittlich und sehen schon mal gerne auf die Ostler herab, nicht nur in Deutschland. Die Wessis Rumäniens, die Banater, sehen gerne auf die Ossis Rumäniens in der Walachei herab, die ihrerseits auf die noch östlicheren Moldawier herabsehen.

Man darf freilich auch zueinander aufsehen, aber dann bitte nur in umgekehrter Reihenfolge. Für Deutschland wiederum sind der Osten und der Westen Rumäniens ein und das selbe, man macht da keine Unterschiede. Mir ist das praktisch egal, obwohl ich es für geschmacklos halte, das östliche, rückständige Bukarest mit meiner westlichen, fortschrittlichen Heimatstadt Reschitz gleichzusetzen.

Im Grunde wird hier im Westen das gesamte Osteuropa in einen Topf geworfen, man unterscheidet oft ganze östliche Länder nicht voneinander und stellt die Realität auf den Kopf.

Die slowakische Post zum Beispiel muss jährlich über 600 kg Briefe in den Westen zurückschicken, weil diese in Wirklichkeit für Slowenien gedacht waren. Die Postboten im Osten haben es wirklich nicht leicht. Sie müssen nicht bloß gegen die bellenden Hunde am Haustor kämpfen, sondern auch gegen die beißende Ignoranz der Westler.

35

Kinder, Kinder, heute möchte man alles, was damals im Sozialismus lief, einfach nur schlecht machen. Aber es war nicht alles schlecht, man kann jetzt nicht alles einfach so in einen Topf werfen. Es war freilich auch nicht alles gut, das möchte ich jetzt bestimmt nicht sagen.

Nein, also gut war es damals ganz bestimmt nicht, so wahr ich Franz Kratofil heiße. Was sollte denn da bitte gut gewesen sein? Gar nichts war gut, aber man kann ja jetzt nicht auf einmal kommen und alles schlecht machen.

Ja gut, es war zwar nicht gut, aber auch wenn es nicht gut war, war es trotzdem schön! So wahr ich Franz Kratofil heiße.

Wir haben immer nur arbeiten müssen, tagaus, tagein. Schon in aller Herrgottsfrüh, wenn ich mich auf den Weg ins Büro machte, ging der Trubel los. An der Bushaltestelle wartete man auf den Bus, bis man schwarz wurde. Eine ordentliche Menschenmasse kam da zusammen, dieser verdammte Bus, schimpften die Leute aufgebracht. Und wenn der Bus dann endlich erschien, war er voll wie eine Sardinenbüchse, und an beiden Türen hing eine riesige Menschentraube. Manchmal schaffte ich es einzusteigen, denn schließlich machte ich regelmäßig Krafttraining, doch manchmal musste ich ins Büro laufen. Das hört sich jetzt schlimm an, war aber bestimmt nicht verkehrt, auch hier in Deutschland joggen viele bereits in aller Herrgottsfrüh, und zwar freiwillig. Und wenn es dabei auch noch regnete, war es perfekt, denn zu Hause gab's ja nie Wasser, wenn man duschen wollte, und der Regen wusch einem das Gesicht und die Hände und machte die Haut samtweich.

So erreichte ich eben erst um acht statt um sieben das Büro, und manchmal konnte es auch schon mal halb neun werden. Wie meine Schuhe nur aussahen, so dick lag der Dreck darauf, so dick. Wo hatten wir damals asphaltierte Gehwege? So etwas kannten wir nur aus dem Kino, aber nicht aus den russischen Filmen, die hatten ja auch keinen Asphalt.

Im Büro entledigte ich mich als erstes meiner Schuhe und ging mit ihnen zum Waschbecken, um sie zu reinigen. Doch vorher musste ich oft Schlange stehen, denn Bogdan und Radu wollten ja auch nicht den ganzen Tag in dreckigen Schuhen verbringen. Bogdan und Radu waren meine Arbeitskollegen, und mein Chef hieß Tocaru. Kein angenehmer Mensch. Tocaru kam erst viel später im Büro an, so gegen neun, halb zehn, er war mit Sicherheit kein Morgenmensch, morgens war er eine richtige Bestie.

»Seid ihr alle verrückt geworden?«, rastete er regelmäßig aus. »Wieso spielt ihr denn jetzt schon wieder Backgammon? Der Abfluss ist schon wieder verstopft, und keiner von euch kümmert sich darum. Wie zum Henker soll ich denn mit euch den Plan erfüllen?«

Das wussten wir leider auch nicht, und es war uns auch piepegal. Wir, das heißt Bogdan, Radu und ich, saßen im selben Raum. Wir waren technische Zeichner, bei uns hat man damals Wasserkraftwerke entworfen. Das Problem dabei war nur, dass es so gut wie nie etwas zu entwerfen gab, es fehlten die Aufträge. Und wenn mal ein Auftrag auf unseren Tisch flatterte, dann fehlten das Transparentpapier oder die Tuschestifte. Planwirtschaft eben. Ach komm, vergiss es.

Tocaru wollte uns ständig dirigieren und kontrollieren, und er verrichtete seine Arbeit mit äußerster Gewissenhaftigkeit, allerdings weniger für die Firma und mehr für die Securitate. Er war ein Informant. Bogdan wusste es, Radu wusste es, und ich natürlich auch. Aber Tocaru hatte keine Ahnung, dass wir es wussten, und so wunderte er sich stets, dass wir voll des Lobes für die Regierung waren. Na ja, besonders helle war der freilich auch nicht.

Nach seinen Wutausbrüchen machte sich Tocaru immer vom Acker, und wir gönnten uns erst mal schön eine Kaffeepause und atmeteten erleichtert durch. Tocaru verschwand in seinem Büro am Flurende, und nachdem er sich wieder beruhigt hatte, bestellte er seine Sekretärin Gertrud zu sich, wonach er einen handgeschriebenen Zettel an die Tür hing: ›Bitte nicht stören! Verhandlungen im Gange.‹ Offensichtlich handelte es sich hier um ganz besondere Verhandlungen, jeder in Reschitz wusste es. Hier erfuhr man solche Dinge blitzschnell, meist sogar noch bevor sie losgingen. Sogar die Leute in Doman wussten es, und Doman lag ja schon fast in der Wallachei. Nur Hilde, Tocarus Frau, hatte keinen blassen Schimmer davon.

Hilde war aber auch keine Heilige. Wenn sie einen mit ihrem heißen Blick ansah, dann wusste man sofort, was los war. Nichts gegen Hilde, sie sah toll aus, aber ehrlich gesagt: Im Bett war sie eine Niete. So wahr ich Franz Kratofil heiße.

Ab elf musste ich gar nicht mehr auf die Uhr schauen, ich brauchte nur Bogdan anzusehen, und wusste dann, wie spät es war. Bogdan war ab elf immer sturzbetrunken, in dieser Hinsicht konnte man sich auf ihn verlassen. Er grinste dann pausenlos, sein Gesicht war rot wie die sowjetische Flagge, und manchmal taumelte er sogar ein wenig, wenn er aufs Klo lief, weil ihm alles hochkam. Aber ansonsten sah man ihm nie etwas an, egal, wie viel er in sich hinein becherte. Doppelt so viel Cognac wie Radu oder ich schüttete er sich jeden Vormittag in den Kaffee. Jesus, Maria und Josef. Soviel Cognac schon am frühen Morgen.

Irgendwann packte dann jeder sein Butterbrot aus, Frühstückspause. Ja, wir konnten erst nach elf frühstücken, bis dahin hatten wir ja keine Zeit. Ich las dann immer die Zeitung, in der mein Brot eingepackt gewesen war. Damit war ich in zwei Minuten fertig, es gab ja überhaupt nichts zu lesen, danach brachte ich die Zeitung auf die Toilette, es gab ja nie Klopapier. Sozialistischer Handel eben. Die Zeitung als Klopapier zu benutzen, hat mir immer große Freude bereitet, denn so wahr ich Franz Kratofil heiße: Auf jeder Seite war Ceauşescu mindestens einmal abgebildet oder zumindest erwähnt.

So gegen zwölf schlief Bogdan meist ein und schnarchte, doch spätestens um 15 Uhr schüttelte Radu ihn wieder wach. Danach gingen wir alle heim.

Den Zahltag feierten wir meist in der Kneipe *Zum Bierkrug*, um einen zu heben und das ganze Elend für eine Weile zu vergessen. Die Kneipe war immer so voll, dass man heilfroh war, wenn man noch einen Stehplatz bekam. Das Problem war nur, dass die dort nie Bier hatten, aber wir ließen uns den Spaß dadurch nicht verderben. Radu gab eine Runde Wodka aus, Bogdan eine Runde Monopol, ich dann wieder eine Runde Wodka, und so weiter. Man bestellte nie nur für sich allein. Und wenn mal einer im Laufe des Abends sein Gleichgewicht verlor und unter den Tisch fiel, dann zogen ihn die anderen wieder hoch. Ja, damals gab es noch so etwas wie Zusammenhalt. Und was auf den Tisch kam, das wurde auch getrunken.

Reschitz war eine kleine Provinzstadt am Arsch der Welt, aber die Menschen dort waren überaus sympathisch, und trotz schwerwiegender Alltagssorgen schlug man sich immer durch. Meine Nachbarin Frau Kracsek zum Beispiel brach sich einmal das linke Bein. Sie fiel von der Leiter, als sie die Gardine aufhing. Der Krankenwagen kam damals ums Verrecken nicht, wenn man ihn brauchte, und da hatte Frau Kracsek eine Idee: Sie sprang auf nur einem Bein bis ins Krankenhaus. Das war überhaupt nicht einfach, aber sie schaffte es in weniger als zwei Stunden, und als sie dort ankam, war sie derart kaputt, dass sie über die Eingangstreppe stolperte und sich dabei auch noch das rechte Bein brach. Zwei Pfleger legten sie alsbald auf eine Bahre und brachten sie in die erste Etage zu Dr. Ionescu, dem Orthopäden, der ihr einen Gipsverband um das rechte Bein und einen um das linke anlegte. Da konnte Frau Kracsek freilich von Glück reden, denn meist waren die Pfleger abwesend, wenn man sie brauchte. Sie waren dann irgendwo in der Stadt einkaufen, denn man bekam ja keine Ware mehr nach Dienstschluss. Und Dr. Ionescu war auch so gut wie immer unerreichbar, aber bei ihm war es ja verständlich. Er war ein vielgefragter Arzt und hatte alle Hände voll zu tun, vor allem mit den zwei jungen Krankenschwestern aus seinem Team. Mal arbeitete er mit der einen zusammen, mal mit der anderen, und mal mit beiden gleichzeitig. Er schloss sich dabei mit ihnen in seinem Arbeitszimmer ein, damit ihn keiner störte. In seinem Arbeitszimmer gab es bloß ein Bett und sonst nichts, noch nicht einmal einen OP-Tisch. Dr. Ionescu hatte es nicht leicht, doch er beschwerte sich nie. Und dann hatte er auch noch gegen schwere Vorwürfe zu kämpfen, man hielt ihm vor, er würde sich nicht um seine Patienten kümmern. Darauf pflegte er zu antworten: »Was wollt ihr denn überhaupt von mir, so dringend kann es doch gar nicht sein. Wenn einer wirklich schwer krank ist, dann braucht er nicht mich, sondern einen Pfarrer.«

Der Pfarrer an der orthodoxen Kirche in Reschitz war Herr Bobulescu, er war genauso ein Arbeitstier wie Dr. Ionescu und übte praktisch zwei Berufe gleichzeitig aus. Einerseits war Herr Bobulescu zwar Pfarrer und predigte über Gott und die Welt, andererseits war er aber Informant wie Tocaru, und berichtete der Securitate schriftlich, was die Leute ihm so alles erzählten. Wenn einer beispielsweise bei der Beichte sagte: »Vater, ich habe schwere Schuld auf mich geladen, denn ich träume unablässig davon, Ceauşescu eigenhändig zu erwürgen« oder »Vater, ich bin ein Sünder, denn ich möchte aus diesem

Scheißland abhauen«, dann erfuhr es die Securitate noch am selben Tag.

Doch das kam alles erst nach der Wende heraus, als einige ihre Securitate-Akte einsehen durften. Danach waren viele stocksauer auf Herrn Bobulescu, aber zu Unrecht, denn im Grunde war er ein herzensguter Mensch. Jedes Mal, wenn eines seiner Schäfchen aufgrund seiner Berichte eingesperrt wurde, machte sich Herr Bobulescu bei Gott stark und betete für dieses, damit es wieder auf freien Fuß kam.

Aber so sind die Leute, auch heute ziehen noch einige über Herrn Bobulescu her, nur weil sie seinetwegen im Gefängnis saßen. Doch in Wirklichkeit geht es diesen Leuten um etwas ganz anderes. Sie sind bloß auf Herrn Bobulescu neidisch, weil er nun schon seit zehn Jahren Bürgermeister in Reschitz ist, und sie nicht. Vor ihm war Tocaru der Bürgermeister, aber als seine Vergangenheit ans Licht kam, musste er umgehend seinen Hut nehmen. Vor lauter Schande zog er danach aus der Stadt weg und arbeitet nun in Bukarest, als Justizminister. Ich hab's in der Zeitung gelesen.

Die Zeiten haben sich geändert, nichts ist mehr, wie es einmal war. Bogdan lebt heute in Kanada, und trinkt keinen Cognac mehr, sondern nur noch Whisky. Radu lebt in Schweden mit einer Belgierin und handelt mit italienischem Wein, und Hilde hat sich von Tocaru scheiden lassen und führt gemeinsam mit Gertrud einen Feinkostladen in München, den sie zweimal jährlich für zwei Wochen schließen, um in Rumänien Urlaub zu machen. Sie können die Vergangenheit einfach nicht ruhen lassen, aber ich bin da ganz anders. Ich fahre nur noch einmal im Jahr nach Reschitz und bleibe dort höchstens zwei Monate. Aber so wahr ich Franz Kratofil heiße: Dann reicht es mir auch schon für die nächste Zeit.

36

Letztes Jahr schrieb er seinem ehemaligen Uni-Professor Marius Pelican, den er in den 70ern nicht nur für sein Fachwissen, sondern auch für seine Unbeugsamkeit der Diktatur gegenüber bewunderte, einen Brief nach Bukarest.

Sie hätten sich schon ewig nicht mehr gesehen, schrieb er, und wie es dem Professor denn so gehe.

Es gehe ihm so weit ganz gut, antwortete dieser.

Und dann wies der Professor ihn auf einen Fehler in seinem Schreiben hin: Dass sie sich schon seit Jahren nicht mehr gesehen hätten, stimme eigentlich nicht, denn auch wenn er den Professor schon ewig nicht mehr zu Gesicht bekommen hätte, der Professor ihn schon, und das sogar mehrere Male. Denn er habe neulich Einsicht in seine Securitate-Akte genommen, die sage und schreibe um die 1000 Seiten betrüge, und dort entdeckte er unter vielen anderen Überraschungen auch ganz viele Fotos von ihm, gemacht von den unseligen Securitate-Paparazzis.

Als er die Zeilen des Professors las, lief es ihm eiskalt den Rücken runter, es war ihm plötzlich so, als ob man ihn nun, nach über 30 Jahren, immer noch auf Schritt und Tritt verfolgen würde.

Drei Monate später besuchte er Bukarest und folgte der sich im Zeitlupentempo des Greisenalters bewegenden spindeldürren, langen Gestalt des Professors die knarrende Holztreppe zum Dachspeicher hinauf. Die Fotokopien von dessen Securitate-Akten lagen verstaubt in einer wackligen Bretterkiste. Es gab insgesamt um die dreißig Fotos, in denen er als verdächtiger Protagonist auftrat. Auf dem einen war er zu sehen, wie er 1973 als Student in Temeswar an der Haustür des Professors schellte, auf dem anderen, wie er 1975 mit dem Professor und einigen Freunden in einem Biergarten an dem Bega-Kanal saß, und dann gab es dort auch noch die ganz besondere Ablichtung, bei der man ihn 1988, also dreizehn Jahre später, als er schon längst in Düsseldorf lebte und seine Eltern in Temeswar besucht hatte, in einer Biergarten-Toilette beim Wasserlassen von hinten geknipst hatte.

Als er dieses eigenartige Foto überrascht entdeckte, entwickelte er trotz seines spontanen Kicherns heftige Schuldgefühle, denn er hatte sich wieder einmal beim Pinkeln nicht hingesetzt.

37

In den 70ern bereitete meinen Freunden und mir das Erzählen von politischen Witzen großes Vergnügen, denn wir konnten dadurch mächtig Dampf ablassen, und da man nie wusste, ob die Securitate nicht vielleicht mithörte, war das Erzählen gleichzeitig ein spannendes Abenteuer zum Nulltarif, so ähnlich aufregend, wie Russisch Roulette zu spielen: Eene meene muh und raus bist du, oder besser gesagt drinnen, im Knast.

Ein Witz über einen regimekritischen, arg gebeutelten Mann aus dem Osten, der es jedoch nach der Wende wieder zu etwas gebracht hat, hält sich bis heute:

»Anfang der 70er war ich Leiter eines sozialistischen Großbetriebs«, erzählt er. »Morgens wurde mir der Kaffee von einer scharfen Sekretärin zubereitet und ich wurde mit einer Limousine zur Arbeitsstätte gefahren. Eines Tages fragte man mich, ob ich nicht vielleicht mit 10.000 Lei zu den Beerdigungskosten eines Genossen vom Zentralkomitee beitragen würde. Ich sagte, dass man für diese Summe am besten gleich das ganze Zentralkomitee beerdigen sollte. Von da an war ich Leiter eines sozialistischen Minibetriebs.

Mein Kaffee wurde nunmehr von einer ziemlich betagten Sekretärin zubereitet und ich fuhr mit dem Minibus des Unternehmens zur Arbeit. Eines Tages tadelte man mich mit den Worten: »Wieso haben Sie denn bei der letzten Parteiversammlung gefehlt?« Ich antwortete, dass ich mit Sicherheit hingegangen wäre, wenn ich gewusst hätte, dass es die letzte war. Ab diesem Tag arbeitete ich als Meister.

Ich musste jetzt mit dem eigenen Auto zur Arbeit fahren und mir morgens den Kaffee selbst zubereiten. In meiner Werkstatt hingen die Porträts von Ceauşescu und Brigitte Bardot. Ich wurde gefragt, wieso ich diese schändliche Schlampe nicht von der Wand nehmen würde und ich entfernte das Ceauşescu-Porträt. Danach durfte ich als Straßenarbeiter Steine klopfen. Ich fuhr mit dem Fahrrad zur Arbeit und den Kaffee brachte ich mir von zu Hause mit, in der Thermoskanne. Eines Tages sagte man mir, ich solle mein Fahrrad schnellstens wegbringen, zumal dort baldigst eine sowjetische Brüderdelegation vorbeikommen würde. Ich sagte, das sei überhaupt kein Problem, denn mein Fahrrad hätte ein diebstahlsicheres Schloss. Von dem Tag an war ich arbeitslos, solange, bis 1989 die Wende kam.

Ich wurde rehabilitiert und betätigte mich in der Regierungspartei und so machte ich alsbald Karriere. Der Kaffee wird mir nun von einer reizenden Sekretärin serviert und zur Arbeit werde ich mit einer Luxuskarosse gefahren. Hin und wieder halte ich die Hand für meine Partei hoch, aber ansonsten halte ich natürlich den Mund. Mein Lebensstandard nimmt kontinuierlich zu, trotz Wirtschaftskrise.«

38

Der sicherste Weg in die Zeitung zu kommen ist bekanntlich, eine Zeitung zu lesen, während man die Straße überquert. Es gibt freilich auch andere Wege, es auf die Titelseite einer Gazette zu schaffen, zum Beispiel man beißt einen Hund, man lässt sich ein Leben lang nicht scheiden, oder man wird Politiker und vertritt erfolgreich Ansichten, die man gar nicht teilt.

In den 60er und 70er Jahren sah es in Rumänien mit dem Medienruhm etwas anders aus: Der absolute Shooting-Star und Zeitungsliebling war Ceauşescu. Mit erhobener Faust und mahnendem Blick schaffte es dieser große Meister des Absurden Tag für Tag mit nimmerendenden, austauschbaren Reden, die die großartigen Erfolge des realen Sozialismus priesen, die Titelseiten aller im Lande erscheinenden Zeitungen zu besetzen. Die nächsten Seiten wiederum waren mit Lobgesängen für die genialen Worte des Diktators vollgeschrieben.

Es versteht sich von selbst, dass kein Mensch mehr die Zeitung las. Es mag zwar absurd klingen, aber sie fand trotzdem massenhaften Absatz, denn sie zu abonnieren war unumgängliche Pflicht für die Werktätigen. Das einzige, was es in der Zeitung zu lesen gab, waren die Kurzmeldungen aus dem Westen auf der letzten Seite. Wenn dort zum Beispiel stand, dass die Arbeitnehmer in Bonn, Paris oder London am Hungertuch nagten, wünschte man sich nichts sehnlicher als in einer dieser Städte zu leben und an diesem Stück Stoff zu knabbern. Es galt die Faustregel: Alles, was in der Zeitung steht ist absolut wahr, aber nur dann, wenn man es auf den Kopf stellt.

Sogar bei den Todesanzeigen hatte ich immer den schweren Verdacht, dass sie genauso zensiert oder erlogen waren wie der ganze Rest des Blattes, aber die Verblichenen haben sich bis heute noch nicht dazu geäußert. Bis in den Tod hinein hatte man seine unerschütterlichen Glücksgefühle angesichts der großen Chance, im Kommunismus leben zu dürfen, intakt zu bewahren, und so hieß es, wenn ein wahrer Kommunist einen exemplarischen Kommunistentod starb etwa so:

Nach langer, schwerer Krankheit ist Genosse Gogoman voller Zukunftsvertrauen, gesünder und optimistischer denn je von uns gegangen.

Aufs Grab eines wahren Kommunisten setzte man statt eines Kreuzes einen roten Stern, und bei den besonders eifrigen Genossen legte man noch einen Hammer und eine Sichel auf die Grabplatte, wahrscheinlich damit sie sich in den ewig langen schlaflosen Nächten nicht langweilten und als Bastler oder Friedhofsgärtner betätigen konnten.

Nun ist das alles längst Vergangenheit, und wenn ich an die damaligen Zeiten zurückdenke, muss ich fairerweise zugeben, dass nicht alles an den Zeitungen dieser Jahre schlecht war, sie hatten auch noch etwas Gutes: So lebten wir damals in einer Wohnung ohne Zentralheizung und ein Teil der Gazette eignete sich vorzüglich, um damit das Feuer im Ofen anzuzünden. Das fein gehackte Holz, fing durch das brennende Papier sofort Feuer. Das war auch kein Wunder, denn *Nomen est omen*, und die Zeitungen trugen von revolutionärer Kampflust geprägte Namen wie ›*Der Funke*‹, ›*Die Flamme*‹ oder ›*Die Fackel*‹.

Das Doppelblatt in der Mitte wiederum benutzte meine Mutter, um darin die Jause, wie wir das Frühstücksbrot nannten, für meinen in der Fabrik arbeitenden Vater einzupacken, denn Papierservietten waren damals erstens viel zu teuer und zweitens nirgendwo erhältlich.

Inzwischen haben sich die Zeiten längst geändert, jeden Morgen beim Kaffeetrinken schaue ich mir im Internet ein paar nationale und internationale Zeitungen an. Ich bin ziemlich schnell fertig mit der Lektüre, denn Dinge, die mir nicht gefallen, klicke ich einfach weg. Also lese ich am Ende nur noch die Werbung. Da blicken die Menschen noch hoffnungsvoll in die Zukunft. Und so ist alles fast wieder so schön wie früher.

39

Im Juni 1971, nach der Rückkehr des Diktators von seinem Nordkorea-Besuch, fand in Rumänien die sogenannte Kleine Kulturrevolution statt, was den Anfang einer unendlich langen Eiszeit für das freie Denken bedeutete.

Ich schrieb gerade begeistert eine Seminararbeit an der Universität Temeswar über die Absurdität der Existenz und den Menschen als hilflosen, tragikomischen Clown und Narr in Samuel Becketts ›Warten auf Godot‹, als der zuständige Professor mir bei einer Sprechstunde bedrückt mitteilte, ich müsse leider das Thema ändern und mich einem optimistischeren Sujet zuwenden. Eine solch trübe Weltanschauung hatte ab sofort in einem auf die goldene Zukunft zustrebenden Staat nichts mehr zu suchen, und daher hatte man den Dozenten eine Liste fraglicher Autoren vorgelegt, die sie vom Lehrplan zu streichen hatten, darunter auch Beckett.

Ich wünschte mir damals nichts sehnlicher, als ein anerkannter Schriftsteller zu werden, ich hatte schon einige Texte veröffentlicht und war stolzer Autor einer etwas längeren Geschichte in Kafka-Manier. Es ging darin um einen jungen Mann auf der Flucht, der nachts die Orientierung verloren hatte, er irrte einsam und verängstigt herum, auf labyrinthischen Straßen. Den Text schickte ich an die Redaktion der Kultur-Zeitschrift ›Orizont‹, die es auch heute noch gibt.

»Ich gratuliere, das ist ein guter Text«, sagte mir der damalige Literatur-Redakteur nach der Lektüre, »aber nimm ihn bitte schnell wieder mit nach Hause, ich möchte ihn zu meinem eigenen Schutze nicht in meiner Schublade aufbewahren.«

Die Zensoren waren oft Meister der Realgroteske. Herta Müller erzählte kürzlich, ihr Zensor sei mehreren strengen Kriterien gefolgt. Eins davon war, dass jedes Wort nur ein einziges Mal pro Seite vorkommen durfte, mit Ausnahme von Artikeln und Präpositionen. Erzählte man beispielsweise etwas über eine Katze, durfte man das Wort Katze nie zweimal pro Seite verwenden, was sich ziemlich problematisch auf den Erzählstil auswirkte. Denn eine Rose ist eine Rose ist eine Rose ist eine Rose, wie bereits Gertrude Stein hartnäckig demonstrierte. Und eine Katze ist eine Katze ist eine Katze ist eine Katze. Und keine Mieze, und auch keine Muschi, und auch kein Mäusejäger, und auch kein Haustiger, es sei denn der Schriftsteller hat einen schweren Dachschaden.

Doch über eine Zensur wurde offiziell nie gesprochen, es ging zu, wie in diesem Radio-Eriwan-Witz: »Gibt es in diesem Land eine Zensur?« »Im Prinzip nein. Es ist uns aber nicht möglich, näher auf diese Frage einzugehen.«

Kritik und schwarze Gedanken zu äußern war ein Tabu, aber wer sich als optimistisch und glücklich bezeichnete, war womöglich zwischen den Zeilen ein Spötter.

Daher entschloss sich mein damaliger Kommilitone Florin, Regisseur beim Temeswarer Studententheater, das absurde Stück ›Die Stühle‹ von Eugène Ionesco zu inszenieren. Wenn man schon in jedem einzelnen Wort etwas Verdächtiges witterte, dann hatte diese Farce doch wohl eine reelle Chance auf der Bühne, denn dort wurde am Ende, im wichtigsten Teil des Stücks, überhaupt nicht gesprochen. Ein taubstummer Redner, der eine lebenswichtige Botschaft vermitteln sollte, brachte keine Worte, sondern bloß heiseres Gestammel vor einem Saal hervor, in dem bloß leere Stühle standen.

Nun ja, das ging erst recht daneben. War mit dem Redner denn nicht vielleicht der verrückte Diktator gemeint? Das finale Schweigen wurde vom Publikum zwar heftig akklamiert, aber nach der Premiere verpasste man dem teils stummen Einakter einen Maulkorb.

Auf der Suche nach der vorhandenen Welt

Brautigan 3

Im September 1991, knapp zwei Jahre nach dem Sturz des Diktators, reiste ich nach Temeswar auf der Suche nach den nach Nelken und Himbeeren duftenden Sommern meiner Kindheit und den hellen und dunklen Tagen meiner Uni-Jahre. Ich quartierte mich im *Hotel Continental* im Zentrum ein.
Aus meinem Zimmer in der zehnten Etage betrachtete ich nachdenklich die schlanken, hochgeschossenen Silberpappeln mit den weiß-zittrigen Blättern, die die Straßen säumten und die wie altes aufgezogenes Blechspielzeug herumirrenden Autos und Menschen. Und es war mir, als befände ich mich in einem psychedelischen Traum, denn vor dem Hotel, dort, wo früher die kommunistische Trikolore eingepflanzt war, wehte nun die amerikanische Flagge.
Nachdem ich meine Kleidung aus dem Rucksack in den wackligen, alten Schrank aus Spanplatten verlagerte, drehte ich eine Runde durch die Stadt. Auf Schritt und Tritt sprachen mich schmierige Typen an, um mich zu einem Geldwechsel zu angeblich unglaublich günstigen Bedingungen zu bewegen. Sorgenfrei flanierende Studenten, hektische Männer im Anzug,

alte bettelnde Frauen, in Fahrt geratene Rentner, die über das letzte Fußballspiel debattierten, laut lachende Italiener Arm in Arm mit rumänischen Schönheiten kreuzten meinen Weg. In der Nähe des Opernhauses auf einer Seitenstraße mit aufgerissenem Gehweg entdeckte ich eine kleine Buchhandlung in einem alten Gebäude mit einer unaufhaltsam zerbröckelnden Jugendstilfassade, und als ich einen Blick ins Schaufenster warf, begann mein Herz schneller zu schlagen. Mitten im Schaufenster zwischen verschiedenen Kunstbüchern und berühmten Werken der Weltliteratur leuchteten zwei schmale, längliche Bücher mit dunkelblauem Umschlag: ›Forellenfischen in Amerika‹ und ›In Wassermelonen Zucker‹ von Brautigan, auf Rumänisch.
Ich kaufte sie natürlich sofort, und wieder zurück in Düsseldorf stellte ich sie in meine Bibliothek ganz nach oben, zu den anderen Brautigan-Büchern, ins erste Regal von rechts. Dort befinden sie sich auch heute noch, in unmittelbarer Nähe von Mark Twains Huckleberry Finn und den Kurzgeschichten von Tschechow, Maupassant und Hemingway.
Dann rief ich wieder Günter Ohnemus in München an und berichtete ihm aufgeregt von meiner Entdeckung. »Hi hi«, kicherte er wieder, wie schon damals, bei unserem ersten Telefongespräch vor 18 Jahren. »Das ist ja ein Ding! Und wenn man bedenkt, dass hier Brautigans Bücher im Gänseschritt ins ewige Museum der guten alten Zeit wandern…«

40

Im Juli 1992, in den Sommerferien, befand ich mich wieder einmal in Aix en Provence. Abermals saß ich auf dem Cours Mirabeau mit Carmen und Andrea im *Café Deux Garçons*, im Schatten der grünen Markise. Am Tisch nebenan hatte eine Gruppe junger Leute Platz genommen, zwei Frauen und drei Männer. Den sporadischen, bis zu meinen Ohren vordringenden Gesprächsfetzen entnahm ich, dass sie Studenten waren. Sie steckten voller Ausgelassenheit und Energie. Sie bewegten sich auf den geflochtenen Rattanstühlen pausenlos hin und her, nippten durstig an ihren Colas und Oranginas, kicherten vergnügt und redeten laut und alle gleichzeitig. Doch plötzlich schien ihnen etwas aufgefallen zu sein. Sie begannen leiser zu reden, dann steckten sie die Köpfe aufgeregt zusammen und begannen zu tuscheln. Das Merkwürdige dabei: Immer wieder blickten sie dabei in meine Richtung. Ich drehte mich um, aber hinter mir saß niemand.

Dann sah ich, wie die zwei jungen Frauen am Tisch aufstanden und mit einem perfekten Sommerlächeln schnurstracks auf mich zukamen. Sie waren bildhübsch. In ihren Augen glänzte die aufgehende Sonne der Provence, und wie van Goghs wogende Getreidefelder wehte ihr Haar in der nach Lavendel duftenden Brise.

An meinem Tisch blieben sie stehen und im Zeitlupentempo streckten sie mir ein Blatt Papier entgegen. Es war mir als träumte ich.

»Pourriez-vous nous donner un autographe, s'il vous plait? Könnten Sie uns bitte ein Autogramm geben?«, sagten sie. Sie waren beide sehr aufgeregt. Und ich war natürlich sprachlos.

Ich hatte zwar in den 40ern mit Jean Cocteau und Jean Giraudoux genau hier, an diesem Ort, Pastis und Rosé getrunken, und kurz danach auf Giraudoux' Anregen hin sogar das beste Theaterstück aller Zeiten geschrieben, ich konnte jedoch schlecht davon ausgehen, dass es auch nur irgendjemand außer mir mitbekommen hatte. Da die beiden mich immer noch anstrahlten, griff ich verwirrt zum Kugelschreiber.

»Pas vous, Monsieur. Nicht Sie, Monsieur«, lächelten die Schönheiten überrascht und zeigten auf Andrea: »Béatrice Dalle.«

Béatrice Dalle? Das war doch diese französische Schauspielern, die in ›Betty Blue, 37,2 Grad am Morgen‹ die Hauptrolle gespielt hatte.

Das Geburtstagsparadoxon besagt: Befinden sich in einem Raum mindestens 23 Personen, dann ist die Chance, dass zwei oder mehr dieser Personen am selben Tag Geburtstag haben, größer als 50 %. Befinden sich also dementsprechend auf dem gesamten Globus weit über sechs Milliarden Personen, dann ist die Chance, dass zwei von ihnen so gut wie identisch aussehen, größer als 500 000 %. Oder so ähnlich.

Jeder Mensch soll irgendwo auf der Welt einen Doppelgänger haben. Andreas Doppelgängerin war eindeutig Béatrice Dalle. Oder umgekehrt. Egal. Tatsache war, dass leider Andreas Autogramm, besser gesagt, das von Béatrice Dalle, erwünscht war, und nicht meines. Aber immerhin war mein literarischer Traum, wenn auch nicht ganz, zumindest zu 50% wahr geworden.

41

Neulich besuchte ich meinen Freund Matei Vişniec in Paris. Matei ist in den 80ern als junger Schriftsteller aus Rumänien geflüchtet und ließ sich in der Stadt an der Seine nieder, wo er politisches Asyl bekam. Er ist ein mittelgroßer, nachdenklicher Mann Mitte 50. Im Unterschied zu den meisten gleichaltrigen Zeitgenossen hat er sowohl seine Jugendideale als auch sein volles, braunes Haar behalten. Er wirkt eher ernst und zurückhaltend und lächelt relativ selten, aber wenn man seine weltweit aufgeführten Theaterstücke liest oder sieht, muss man immer wieder grinsen oder laut lachen. Sein Humor schwankt zwischen absurd und grotesk, woran man merkt, dass er die rumänische Realität genau beobachtet. Vor Kurzem schrieb Matei einen Roman über seine Paris-Erfahrungen, ›Das Paniksyndrom in der Stadt der Lichter‹. Ich habe diesen Roman sehr genossen und ein Drittel davon ins Deutsche übersetzt. Danach schickte ich das Manuskript einem deutschen Verleger aus Frankfurt, der sich aber eher für das Paniksyndrom in der Stadt am Main zu interessieren schien.

»Der Text liest sich ganz gut«, sagte er mir am Telefon, »er bietet eine Menge interessanter Informationen, hat Witz und Esprit, aber es fehlt mir das Identifikationspotential für den deutschen Leser. Wen interessiert schon hierzulande, was ein rumänischer Exilschriftsteller in Paris macht? Aber vielleicht schreibt Vişniec mal etwas über Deutschland, wäre das nichts für ihn?«

»Nein, das geht leider nicht«, erwiderte ich, »das Thema Deutschland ist schon vergeben. Darüber schreibe ich gerade ein Buch.«

Nun saßen also Matei und ich im *Café Delmas* auf der Place de la Contrescarpe, im Quartier Latin, und ich berichtete ihm über meine Verlagserfahrungen mit seinem Roman. Wir hatten im Freien Platz genommen, denn es war ein strahlender Vormittag Mitte Juni.

Plötzlich klingelte mein iPhone. Ich führte es zum Ohr, es war meine Frau. Sie ist immer derart besorgt um mein Wohlbefinden, wenn ich allein unterwegs bin, dass sie mich alle paar Stunden anruft.

»Hallo Carmen«, sagte ich. »Du brauchst dir keine Sorgen zu machen, es geht mir ganz ausgezeichnet.«

Und das war wirklich so. Es lag ein seltsamer Zauber über der Stadt. Die Passanten tanzten leichtfüßig an uns vorbei, und die Autos hupten fröhlich und munter, und übermütig, wie sie waren, fuhren sie uns fast über die Füße, wie das in Paris eben so ist, wenn man in einem Straßencafé Platz nimmt. Die Abgase mischten sich ausgelassen mit der berühmten Pariser Luft und verliehen ihr die unverwechselbare Würze einer echten Weltmetropole, und ich fragte den

Garçon, ob ich dort rauchen dürfte, denn ich wollte höflich sein, wie die Franzosen.

»Mais oui, Monsieur«, erwiderte er großzügig. »Allez-y.«

Ich zündete mir eine Zigarette an und verlangte nach einem Aschenbecher.

»Pourquoi? Wieso brauchen Sie denn einen Aschenbecher?«, wunderte sich der Garçon. »Werfen Sie die Kippen doch einfach auf den Boden.«

So war das in Paris, alles à la légère, nicht wie hier in Deutschland, wo es meist regnete und ich mich bei jedem Restaurantbesuch immer wieder auf der Toilette verstecken musste, um eine zu paffen.

Auch die ruhmreiche literarische Vergangenheit der Stadt der Lichter war immer noch allgegenwärtig. Es wimmelte nur so von berühmten Schriftstellern, man brauchte nur etwas genauer hinzusehen. Der in Gedanken versunkene, pfeiferauchende Typ mit dicker Hornbrille, der mit einer schweren Aktentasche unter dem Arm gerade Richtung Panthéon an uns vorbeizog, erinnerte mich verdammt stark an Jean Paul Sartre, und bei dem heringdünnen Garçon der uns bediente, war es besonders auffällig: Er glich Samuel Beckett bis aufs Haar, mit seiner dichten, zu allen Seiten stehenden grauen Frisur und seiner nebligen Nickelbrille. Am Tisch nebenan nippte ein alter Mann mit Glatze und Clownsgesicht selig lächelnd an seinem doppelten Whisky, und ich hätte schwören können, dass mich durch seine runden, melancholischen Augen Eugène Ionesco anfunkelte.

Es erschien ein bettelnder Akkordeonspieler mit einer dunklen Hippie-Mähne. Er trug eine schwarze

Motorrad-Lederjacke und einen ramponierten Charles-Trenet-Filzhut. Er begann von Tisch zu Tisch zu laufen und spielte dabei ›La vie en rose‹ derart falsch, dass die nicht weit liegende Edith Piaf sich gewiss im Grab umdrehte. Irgendwie kam er mir bekannt vor, aber nicht aus der Literaturgeschichte. Ich meinte, ihn schon einige Male in der Düsseldorfer Altstadt gesehen zu haben, wo er sein unsägliches Instrument von Kneipe zu Kneipe geschleift hatte.

Und dann geschah das Unvermeidliche: Der Akkordeonspieler machte an unserem Tisch Halt, lüftete seinen Filzhut, hielt uns die offene Hand vor die Nase und sagte in tiefstem Rumänisch:

»Bună ziua. Habt ihr Jungs vielleicht zwei, drei Euro für mich?«

»Nein«, sagte Matei, »bitte nicht schon wieder.«

»Aber ihr seid doch Rumänen, oder?«

»Genau«, sagte ich und blickte nachdenklich in die Ferne.

»Und wo aus Rumänien kommt ihr Jungs genau her?«

»Weißt du was? Wie wäre es, wenn du uns in Ruhe lassen würdest?«, meinte Matei unwirsch.

»Genau«, pflichtete ich ihm eifrig bei.

»Was seid ihr denn für Landsleute, ihr verleugnet hochnäsig eure Herkunft«, schimpfte der Akkordeonspieler angewidert. »Ich muss mich für euch schämen.«

»Mach das ruhig«, sagte ich.

Er winkte verächtlich ab, dann erschien auf einmal der Garçon in der Tür, wedelte mit einer Serviette herum und schickte ihn weg.

Der Mann mit Glatze schüttelte nachdenklich den Kopf, er machte den Eindruck, Rumänisch gut verstanden zu haben.

Matei, der mächtig verärgert war, stand ruckartig auf und ging wortlos auf die Toilette. Ich aber blieb ruhig sitzen, warf meine Zigarettenkippe entspannt auf den Boden und begann, wieder über den Garçon nachzudenken, während dieser – seine Serviette haltende Hand in der Luft erstarrt – einer der jungen Catherine Deneuve aufs Haar gleichenden Passantin mit amerikanischen Marylin-Monroe-Busen hinterher starrte. Vielleicht war er ja Becketts illegitimer Sohn, wieso denn auch nicht, Beckett hatte ja schließlich lange genug in Paris gelebt.

Ich griff zu meinem iPhone, rief die Wikipedia-Seite auf und konnte mir in Erinnerung rufen, dass Beckett 1906 geboren war. Dann begann ich zu rechnen. Wir schrieben das Jahr 2012, der Garçon war Mitte vierzig, also wenn Beckett tatsächlich sein Vater gewesen sein sollte, dann musste er ihn Ende der Sechziger gezeugt haben. Das war gut möglich, denn zu dieser Zeit war Beckett erst Anfang sechzig gewesen, also noch in voller Manneskraft. Alter Schwede, der hatte wohl nichts anbrennen lassen.

»Komm, lass uns zahlen«, unterbrach mich Matei, der sich wieder neben mich gesetzt hatte. »Ich wollte dir ja noch zeigen, wo Hemingway und Paul Verlaine gewohnt haben.«

»Au ja, Hemingway und Verlaine«, freute ich mich und steckte das iPhone in die Tasche. »Haben die beiden etwa zusammen gewohnt?«

»Ja klar«, antwortete Matei.

Wir lachten los, und der Eugène-Ionesco-Doppelgänger nickte uns zustimmend zu, worauf er genüsslich einen tiefen Schluck Whisky nahm. Ja, es war wirklich schön in Paris.

Wieder schellte mein iPhone, und ich meldete mich auf der Stelle.

»Hallo, Carmen«, sagte ich. »Du brauchst dir keine Sorgen zu machen, mir geht's immer noch klasse.«

»Ich bin nicht Carmen, ich bin Mara«, antwortete eine Frauenstimme.

Mara wohnt wie ich in Düsseldorf, und so unglaubwürdig es auch klingen mag: Wir sind gut befreundet, obwohl sie nun schon seit elf Jahren meine Zahnärztin ist.

»Hallo, Mara«, sagte ich. »Wie geht es dir?«

»Danke«, antwortete Mara. »Tolles Wetter heute, was?«

»Stimmt«, entgegnete ich und blickte nach oben, zum wolkenlosen Himmel.

»Weißt du, was ich mir ganz spontan überlegt habe? Ich komme jetzt mal mit dem Fahrrad bei euch vorbei, und wir machen zusammen eine Radtour am Rhein.«

»An der Seine«, entgegnete ich.

»Wie bitte?«

»Nicht am Rhein, sondern an der Seine. Ich bin gerade in Paris.«

»In Paris? Was machst du denn dort?«

»Ich trinke gerade einen Kaffee, und jetzt lege ich gleich auf, sonst wird es teuer für dich. Aber wenn ich wieder in Düsseldorf bin, dann komme ich als erstes zu dir, wegen dieser Zahnbrücke.« Und dann wird es teuer für mich, schoss es mir dabei durch den Kopf, aber laut sagte ich bloß: »Okay?«

»Okay.«

Dann legte ich auf.

Matei winkte den Garçon herbei.

»L'addition, s'il vous plaît.«

Wir hatten zwei Kaffees und eine Orangina bestellt.

»24,20 Euros, Monsieur«, sagte der Garçon, indem er wahrscheinlich die Rechnung mit dem Datum addierte.

»Ich bezahle«, meinte Matei. »Du bist der Gast.«

»Merci«, sagte ich. Dann fragte ich ganz vorsichtig den Garçon:

»Monsieur, kennen Sie Samuel Beckett?«

»Non, Monsieur, tut mir leid«, antwortete der Garçon. Er wollte es einfach nicht zugeben. Oder er kannte nicht einmal die Wahrheit über seine Herkunft. Wie es auch gewesen sein mochte, es war bestimmt nicht einfach für ihn. Ich ließ ihm ein dickes Trinkgeld auf dem Kaffeeteller zurück, bevor wir gingen.

Matei und ich liefen die Rue Mouffetard entlang, bis zur Rue Descartes 39, im Quartier Latin.

»Hier ist das Haus«, erklärte Matei.

Ich war begeistert. Ich fotografierte das graue, fünfstöckige Gebäude mit jeweils vier hohen, weißgerahmten Fenstern pro Etage mit dem iPhone, dann schickte ich das Foto an Carmen und schob eine SMS nach: »So toll ist Paris. Hier wohnten früher Verlaine und Hemingway, aber nun sind sie leider umgezogen, auf den Friedhof. PS: Du brauchst mich nicht mehr anzurufen, mir geht es immer noch super!«

Alles in allem hat mir der Besuch in Paris eine Menge Spaß gemacht. Am Nachmittag begleitete mich Matei zum Bahnhof Gare du Nord, und ich fuhr zurück nach Düsseldorf mit dem Thalys, dessen Name mich an Thalia erinnerte, die griechische Göttin der Komödie. Das passte ja wie die Faust aufs Auge zu meinen Pariser Kulturerlebnissen.

42

Maria Luisa ist eine junge italienische Literaturübersetzerin aus Sizilien, die in Valencia lebt. Sie ist brünett, hat grüne Augen, und ihr heftiges, temperamentvolles Gestikulieren beim Sprechen lässt mich immer wieder an diesen Witz denken: Warum telefonieren Italienerinnen nicht gerne? Weil sie dann nicht beide Hände frei haben.

Ich lernte Maria Luisa in Venedig kennen, auf einem internationalen Übersetzer-Workshop. Neben ihrer Muttersprache spricht Maria Luisa auch Englisch, Spanisch und die valencianische Variante des Katalanischen. Außerdem spricht Maria Luisa auch noch Rumänisch, weil sie ab 2006 vier Jahre in Temeswar verbrachte. Sie arbeitete dort als Assistentin für Italienisch an der West-Universität, wo ich in den 70ern studiert hatte.

Unter dem bunten Sonnenschirm eines Cafés am Canal Grande unterhielten Maria Luisa und ich uns an einem lauen Sommerabend mal auf Rumänisch, mal auf Spanisch über Temeswar gestern und heute. Dank ihrer Muttersprache, erzählte mir Maria Luisa wild gestikulierend, habe sie schnellen Zugang zur rumänischen Sprache gefunden und dabei überrascht entdeckt, dass letztere dem Italienischen gegenüber einen großen Vorteil aufweise: Es ließe sich darin wesentlich fantasievoller schimpfen und fluchen. Man würde in Temeswar praktisch überall und in jeder erdenklichen Lage möglichst deftige Schimpfwörter verwenden: An der Uni, auf der Straße, beim Laufen oder beim Taxi fahren, und zwar nicht nur dann, wenn man sich über jemanden ärgere und auf ihn losgehe, sondern auch um Entgegenkommen und Zuneigung zu signalisieren.

»Ce mai faci, măi pulă?« (»Wie geht's, du Schwanz?«) gehöre beispielsweise heute bei den jungen Leuten in Temeswar zu einer liebevollen Begrüßung, erklärte mir Maria Luisa.

»Früher war das aber auch nicht anders«, sagte ich und wurde dabei ganz nostalgisch.

Da Maria Luisa nicht nur eine temperamentvolle, sondern auch eine äußerst pragmatische junge Frau war, hatte sie nach nur drei Monaten Rumänienaufenthalt die tolle Idee, sich die deftigen Schimpfkanonaden, die ihr immer wieder um die Ohren flogen, zunutze zu machen und eine Doktorarbeit darüber zu schreiben. Sie fand ziemlich schnell auch einen Doktorvater dafür, Professor Dr. Cornel Ungureanu.

Ich kannte Cornel gut aus den 70ern. Damals hatte er als junger Literatur-Redakteur bei der Zeitschrift ›Orizont‹ gearbeitet und, argwöhnisch beäugt von der Zensur, sich dort vergeblich bemüht, meine grotesken Geschichten in Kafka-Manier zu veröffentlichen. Wenn ich vorlesungsfrei hatte, holte ich ihn des Öfteren in der Redaktion ab, und wir gingen zusammen ins Restaurant *Cina*, um uns ein kühles Bier hinter die Binde zu kippen. Aber meist hatten wir kein Glück und es gab dort bloß Schnaps, also tranken wir ein Gläschen Schnaps und schimpften gegen die sozialistische Mangelwirtschaft, danach tranken wir noch ein Gläschen und schimpften gegen die im Schnaps enthaltenen, beschissenen Chemikalien, danach noch ein, zwei Gläschen und schimpften gegen die verfickte Zensur, und wir wünschten all diese asozialen Wichser zum Teufel, die an den Nebentischen saßen und höchstwahrscheinlich beknackte Securitate-Spitzel waren. So ging uns der Gesprächsstoff nie aus, und wir widmeten uns mit Leib und Kehle unseren Beschimpfungen.

Cornel war ein begnadeter Polterer, er hatte verdammt viel Talent und brachte es mit links fertig, zwanzig Minuten am Stück zu schimpfen, ohne sich zu wiederholen.

Seine Kreativität dabei war ungebrochen, bei ihm hörte ich Beschimpfungen wie: »Ich ficke den Wald, in dem die Bäume stehen, aus dem das Papier gemacht wird, auf dem die Zeitschrift gedruckt wird, bei der ich arbeite, und die nur zum Arsch-Abwischen taugt.«

Dieser Fluch wiederum war die Abwandlung eines Fluches, der, wie soviele andere rumänische Flüche auch, auf die Vorfahren und die Ursprünge des Beschimpften detailliert einging: »Ich ficke den Wald, in dem dein Großvater den Baum gefällt hat, aus dem dein Vater den Schrank mit der Schublade gezimmert hat, aus dem euer Nachbar das Kondom genommen hat, das danach beim Ficken in der Möse deiner Mutter geplatzt ist.«

Wohlgemerkt: Die Rumänen greifen beim Schimpfen mit Vorliebe auf die Geschlechtsteile der nächsten Verwandten und Nachbarn zurück, während in den Top Ten der deutschen Beschimpfungen das Hinterteil ganz vorne rangiert. Vom banalen, allseits vorhandenen Arsch, über die musikalisch anmutende Arschgeige, bis zum ästhetisch misslungenen Arschgesicht mangelt es an gar nichts im deutschen Alltag. Und als Joschka Fischer 1984 an den damaligen Bundestagsvizepräsidenten Richard Stücklen den Zwischenruf richtete: »Mit Verlaub, Herr Präsident, Sie sind ein Arschloch!«, feierte der Allerwerteste sogar seinen triumphalen Einzug in den Bundestag.

Nach drei Jahren Forschen und Fluchen beendete Maria Luisa ihre über 400-seitige Dissertation und reichte sie bei der Philologischen Fakultät in Temeswar ein. Die Promotionsordnung sah vor, dass man seine Doktorarbeit auch mündlich präsentieren und verteidigen musste, vor einer Prüfungskommission. Im Vorfeld war Maria Luisa sehr aufgeregt und verängstigt, aber das legte sich schnell. Alle Angst und Anspannung fiel von ihr ab, als sie mit ihrem Vortrag loslegte und, um ihre Thesen zu illustrieren, ausgiebig zu fluchen begann. Ganz Italienerin lächelte sie dabei enigmatisch wie Mona Lisa, aber sie fluchte wie ein rumänischer Kutscher, derart kompetent und beeindruckend, dass nicht nur Professor Dr. Cornel Ungureanu, sondern die gesamte Prüfungskommission bis über beide Ohren errötete, und man sie schließlich mit summa cum laude benotete.

Ein beigefarbenes Vaporetto tuckerte am Canal Grande vorbei. Die Abendsonne war eine riesige, federleichte Orange, die munter im Wasser schaukelte, und ein warmer, wohltuender Windstoß trieb das erregte Touristengemurmel auf den Touristenbooten bis zu unseren Tischen.

»Ja, so war das. Examenul mi-a făcut multă plăcere. Die Prüfung hat mir viel Spaß gemacht«, sagte Maria Luisa stolz lächelnd auf Rumänisch zu mir, und mit einer begeisterten, weit ausholenden Handbewegung warf sie ihre Espresso-Tasse um. Noch bevor sie aufspringen konnte, floss der pechschwarze Kaffee unbarmherzig auf ihren schneeweißen Sommerrock mit buntem Blumenmuster.

»Merda«, rief sie entsetzt. Spontan schimpft man immer in der Muttersprache, also war das wohl ein italienisches Schimpfwort. Aber was bedeutete es nur auf Deutsch?

Scheiße, ich hatte null Ahnung.

43

Ende September besuchte ich Athen und auf der Westseite des Akropolis-Plateaus kam ich mit einem Englisch sprechenden Ehepaar ins Gespräch. Beide trugen ein T-Shirt, auf dem die französische Trikolore abgebildet war, denn sie waren am vorherigen Tag in Paris gewesen. Sie baten mich, sie vor dem Nike-Tempel zu fotografieren, doch zu ihrer Enttäuschung passten nur sie zwei und zwei halbe Tempelsäulen ins Foto. Sie beklagten sich dann über den Eiffelturm, der sich aus der Nähe auch nicht komplett fotografieren lasse, dann erzählten sie mir, sie kämen aus Australien, und würden morgen nach Rom weiterfliegen.

»And you? Where are you from?«, fragte mich die Frau.

»I'm from Germany«, sagte ich.

»Oh, Germany«, sagte der Mann. »We're going to fly to Octoberfest in two days. Lots of beer«, meinte der Mann.

»Oh yes, Germany is great«, sagte die Frau. »Aber wie kommt es, dass Sie nicht blond sind?«

Ich zuckte hilflos mit den Schultern.

»Sind Sie wirklich Deutscher?«, hakte die Frau nach.

»Yes.«

»From Germany?«

»Yes. Aber ich wurde in Rumänien geboren.«

»O yes, Romania. Sie sind also ein Roma?«

»Wieso denn Roma?«

»In Rumänien leben doch diese Roma. Wir haben es im TV gesehen«, meinte der Mann.

»Wirklich?«

»Ja. Sie betteln und klauen und wollen nicht arbeiten.«

»Soso. Sie wissen also Bescheid«, sagte ich.

»Ja.«

»Nun darf ich Sie auch etwas fragen?«

»Ja, klar.«

»Wie kommt es denn, dass Sie keine Beuteltaschen haben?«

»Beuteltaschen?«

»Ja, Sie sind doch Kängurus. Sie kommen doch aus Australien, oder?«

»Sir, ich bitte Sie! Wir waren höflich zu Ihnen«, meinte die Frau.

Worauf die beiden sich umdrehten und beleidigt davon hüpften.

So ist das mit den Klischees, man weiß schon vorher über alles Bescheid, und das erspart einem eine Menge Zeit, denn man braucht über nichts mehr nachzudenken und kann seine Birne nur noch zum Mützetragen benutzen. Beim Stichwort Frankreich denkt man an den Franzosen mit Baskenmütze, der Rotwein trinkt, ein Baguette unter dem Arm, bei Russland an rauhe

Wodkatrinker unter Birkenbäumen und Ostmafia, bei Polen an Autodiebstahl. Und bei Rumänien? Als ein deutscher Journalist den rumänischen Schriftsteller Mircea Cărtărescu wieder mal auf Ceauşescu ansprach, platzte diesem der Kragen:

»Warum zum Teufel erwähnt ihr ständig diesen Ceauşescu?« sagte er. »Als ich in Deutschland war, fühlte ich mich wie ein Pawlowscher Hund, der immer sabbern soll, wenn er diesen Namen hört. Ich bin ein Schriftsteller: Ich schreibe über Liebe und Hass, genau wie eure Autoren. Nur weil ich das Pech hatte, in einer schlimmen Zeit und an einem schlimmen Ort aufzuwachsen: Muss ich jetzt deshalb den Rest meines Lebens dafür büßen?«

Das verlange niemand, sagte der Journalist. Und er fügte hinzu: »Vielleicht erzählen Sie uns dann lieber etwas von Dracula.«

Der Rest war betretenes Schweigen.

44

Als ich in Rumänien lebte, trank man dort für sein Leben gern einen aromatisch-kräftigen, ungefilterten Kaffee. Er wurde in einer speziellen Kanne aus Kupfer mit langem Griff zubereitet, die man *Ibrik* nannte. Beim Servieren schwamm an der Oberfläche eine feine Schaumkrone und auf dem Tassenboden lag der Kaffeesatz. Er verlieh der süffig-dunklen Flüssigkeit ein zauberhaftes Aroma, und, was nicht zu verachten war, man konnte darin die Zukunft lesen. Die Zukunft zeichnete sich meist rabenschwarz ab, genau wie der Kaffeesatz, in dem man sie zu entziffern versuchte. Dieser Kaffee wurde *türkischer Kaffee* genannt, weil die Türken ihn wohl im Mittelalter, als sie in die Wallachei einfielen, mitbrachten. Im 20. Jahrhundert jedoch trank man den türkischen Kaffee in Rumänien wesentlich seltener als im Mittelalter. Er war, wie unzählige andere Dinge in der sozialistischen Mangelwirtschaft auch, aus den Regalen verschwunden. Es gab ihn in der Regel nur noch als aus gerösteten Kichererbsen hergestellten Kaffee-Ersatz zu kaufen, den aber keiner haben wollte. Und so war der echte Kaffee zu einem hoch begehrten Genussmittel geworden. Man fand ihn lediglich auf dem Schwarzmarkt oder man bekam ihn aus dem Westen zugeschickt, wenn man dort großzügige Verwandte hatte. Wenn nicht, dann musste man in die Röhre gucken, oder besser gesagt in die leere Kaffeetasse.

In Düsseldorf, Berlin oder Frankfurt sind die Cafés in den letzten Jahren wie Pilze aus dem Boden geschossen. Es sind italienische, aber noch viel häufiger amerikanische Ketten, und der Kaffee *tall* oder *short* heißt dort in einer babelturmartigen Sprachmixtur *Caramel Frappuccino*, *Iced Mocha* oder *Moccha Frappé*, es gibt dort *American*, *French* und *Irish Coffee*, also man findet so viele Kaffeespezialitäten, wie ungeröstete Kaffeebohnen an der Kaffeepflanze, aber vom türkischen Kaffee fehlt jede Spur.

Aber letztes Jahr machte ich Urlaub auf Rhodos, und bei einem Blick in die Kaffeetassen der im Schatten der Olivenbäume Backgammon spielenden Männer stellte ich fest, dass sie diesen leckeren Kaffee mit Schaumkrone und Kaffeesatz zu sich nahmen, von dem ich gerade erzählt habe. Also bestellte auch ich hocherfreut einen *türkischen Kaffee*, wonach ich nur ganz knapp einem Landesverweis entkommen konnte. Es gehe hier um griechischen Kaffee, wurde ich belehrt, aber wenn mir so sehr daran gelegen sei, einen *türkischen Kaffee* zu trinken, dann solle ich bitte umgehend in die Türkei reisen.

Letzten Monat wiederum besuchte ich Bukarest, und dort entdeckte ich zwischen unzähligen Pubs und Restaurants das Lokal *Golden Kebab* und nahm an einem Tisch Platz.

»Womit kann ich Ihnen dienen?«, fragte mich die junge, hübsche Serviererin mit einem Jennifer-Lopez-Lächeln.

Ich bestellte wie anno dazumal einen türkischen Kaffee.

»Einen türkischen Kaffee? Was ist denn das?«, fragte mich die Topschönheit überrascht.

Ich zeigte auf das Schild des Lokals. »Ist das hier etwa kein türkisches Restaurant?«, fragte ich.

»Doch, doch, aber wir servieren hier nur Espresso.«

»Tja, dann eben einen Espresso«, sagte ich enttäuscht.

Den begehrten türkischen Kaffee habe ich übrigens zwei Tage später dann doch noch getrunken, bei meiner Rückfahrt nach Düsseldorf, als ich in Wien halt machte. Man nennt ihn dort Mokka. Also, streng genommen schmeckt der Mokka ganz anders als der mir früher bekannte türkische Kaffee, aber die Zeiten haben sich eben geändert.

Nichts ist mehr so, wie es einmal war.

45

Wir schreiben das Jahr 2012 und ich besuche Rumänien. In den ersten Tagen meiner Reise wohne ich wie früher in einem historischen Plattenbau, in der Wohnung eines Temeswarer Freundes, der seit einigen Monaten in Chicago lebt. Ich finde es hier ganz toll, denn ich langweile mich überhaupt nicht. Rund um die Uhr erlebe ich Überraschungen. Wenn ich den Lichtschalter in der Küche betätige, dann geht das Licht im Bad an, und umgekehrt. Wenn ich das Fenster im Schlafzimmer öffnen möchte, löst sich der Griff vom Fensterrahmen. Möchte ich die Tür im Flur schließen, dann muss ich sie heben und mit aller Kraft in den Rahmen pressen, weil sie dort sonst nicht hineinpasst. Ob die Toilettenspülung fließt oder nicht ist reine Glückssache, und die ziemlich schiefen Stufen der Flurtreppe sind mal höher, mal niedriger. Ich stolperte daher an meinem ersten Aufenthaltstag dreimal, aber am zweiten Tag nur noch einmal. Übung macht den Meister!

Im Supermarkt: Ware bis zum Abwinken in den Regalen, doch weit und breit kein Verkäufer in Sicht. Nun ja, die Dinge haben sich geändert: Zu Ceauşescus

Zeiten war weit und breit keine Ware in Sicht, dafür gab's aber jede Menge Verkäufer.

Ich sitze in einem Temeswarer Café. Am Nebentisch erklärt eine völlig überschminkte Frau ihrer Freundin: »Als ich letztes Jahr immer wieder nach Wien fuhr, um mir bei *Zara* Klamotten zu kaufen, gab es nie Probleme. Aber seit *Zara* in Temeswar eine Filiale eröffnet hat, ist es grauenhaft, man weiß gar nicht mehr, was man kaufen soll. Man riskiert eine Bluse oder einen Rock zu erwischen, die in dieser Stadt kein Unikat mehr sind. Es ist eine Ka-tas-tro-phe!«

In einem Bukarester Hotel frage ich, ob es noch freie Zimmer gebe. »Ja, sicher, wir haben Zimmer mit Dusche für 200 Lei und ohne Dusche für 160 Lei.«

Ich entscheide mich für ein Zimmer mit Dusche. »Sehr gut«, sagt mir die Frau an der Rezeption. »Aber ich möchte Sie darauf hinweisen, dass es momentan kein fließendes Wasser bei uns gibt.«

Zwei Tage später bestelle ich im Bukarester Lokal *Milano* ein Omelett zum Frühstück. Die schicken Lokale in der Bukarester Altstadt sind schon am Vormittag ziemlich voll und heißen *Madrid, Berlin, Dirty Harry, Irish Pub, La bonne bouche* oder *Oktoberfest Pub*. Zwanzig Minuten lang passiert gar nichts, dann frage ich die Kellnerin, ob die Hühner die Eier erst noch legen müssten.

»Das Omelett kommt sofort«, antwortet mir die Kellnerin irritiert. Nach weiteren zehn Minuten kommt sie zurück und meint: »Tut mir leid, heute haben wir keine Eier. Aber sie können auch etwas anderes bestellen, wenn Sie möchten.«

Aha, ich wusste es immer schon: Mit Hartnäckigkeit und Flexibilität kann man überall auf der Welt viel erreichen.

Im nächsten Jahr fahre ich freilich wieder nach Rumänien, und ich weiß jetzt auch, wieso mich die Heimat immer wieder ruft: Service-Pannen hin oder her, eins ist sicher: In diesem Land wird mir niemals langweilig.

46

In Bukarest war ich vor allem von der Fußgängerzone im historischem Zentrum beeindruckt, mit seiner Prachtstraße, der Strada Lipscani. In der Ära des Sozialismus waren die Teile der Bukarester Altstadt, die nicht gerade gnadenlos platt gemacht wurden, einem dauerhaften Zerfall preisgegeben, und so ist man nun seit der Wende 1989 eifrig dabei, das Übriggebliebene zu restaurieren.

Es wird eine Menge getan. Das neue historische Kopfsteinpflaster in der Fußgängerzone ist schon fast zu Ende gelegt, und das nur fünf Jahre, nachdem die Straße zu diesem Zwecke aufgerissen wurde. Wem dieses Tempo etwas zu gemächlich vorkommt, der ist als stressgeplagter Hektiker zu beklagen.

Im Osten ticken die Uhren zwar etwas langsamer als hier, aber das ist überhaupt nicht schlimm, ganz im Gegenteil. Trotz orientalischer Gelassenheit ist man in Bukarest deutschen Städten wie Köln oder Berlin kontinuierlich um Einiges voraus. Denn wenn es in Köln zwölf Uhr ist, schlägt die Uhr in Bukarest bereits dreizehn.

Festina lente, wie schon Kaiser Augustus zu sagen pflegte. Eile mit Weile, wer langsam läuft, kommt auch ans Ziel. Oder vielleicht auch nicht, wie ich bei meinem Rundgang auf der besagten Lipscani-Straße feststellen musste. Denn plötzlich ging der Gehweg, auf dem ich frohen Mutes dahinschritt, zu Ende, und ich stand unmittelbar vor einem etwa einen Meter tiefen und zwei Meter breiten Graben. Man konnte diesen Graben partout nicht umgehen, weil dicht daneben eine noch gefährlichere Baustelle lag, auf der ein weitausholender Arm eines Krans rotierte, an dem eine riesige Eisenstange pendelte. Was also tun? Umkehren und die ganze Strecke wieder zurück laufen, kam nicht in Frage. Ich lasse mich nur äußerst ungerne von meinem Weg abbringen. Wenn ich mir etwas vornehme, dann ziehe ich es auch eiskalt durch.

Während ich also über Überwindungsstrategien von unerwarteten Barrieren sinnierte, erschien plötzlich ein junger Mann mit Kopfhörern auf den Ohren neben mir, stutzte einen Augenblick lang, und hops! sprang er wieselflink über das Hindernis. Er blieb auf der anderen Seite stehen, schüttelte den Kopf im Rhythmus der Musik und winkte mich ermutigend herüber. Ich wusste zwar nicht, was er da für eine Musik hörte, doch wie ich ihn dort so stehen sah, jenseits des Grabens, erinnerte ich mich plötzlich an einen alten Hit: ›Du bist mir nah und doch so fern,/ Ich will zu dir!‹

Ich kam mir vor wie damals im Sportunterricht, beim Bocksprung, nur dass das Hinderniss sich diesmal nicht nach oben, sondern nach unten erstreckte. Sollte ich es wagen oder nicht? Wenn ich den Sprung nicht schaffe und im Graben lande, könnte ich mir womöglich ein Bein brechen, dachte ich. Also ist es viel vernünftiger, ganz sachte in die Tiefe zu steigen, um auf der anderen Seite wieder unversehrt hoch zu klettern, so Gott will.

Gesagt, getan.

Inzwischen war ein matrioschkaähnliches Mütterchen dazu gestoßen, das nun vor dem gleichen Dilemma stand. Es sah mir nach, schüttelte den Kopf, bekreuzigte sich dreimal und folgte mir auf dem Fuß. Ich kam auf der anderen Grabenseite problemlos wieder heraus, die alte Frau jedoch blieb im Graben stecken und wedelte mit dem Arm. So machte ich mich daran, ihr zu helfen. Ich hielt mich an dem jungen Mann fest, dann reichte ich dem Mütterchen die Hand, versuchte sie hoch zu ziehen, und schwups! befanden wir uns nun zu dritt im Graben.

Nein, falsch: Das wäre das Slapstickende gewesen. Also: Der junge Mann reichte mir und ich wiederum dem Mütterchen die Hand, wie in diesem Märchen mit der feststeckenden Rübe, die man nur gemeinsam dem Boden entreißt, und schon war die unbeholfene alte Frau gerettet. Und so liefen wir alle drei fröhlich weiter bis zum nächsten Graben.

47

Ich wollte mich mit einem alten Freund im Café des Literaturmuseums von Bukarest treffen, und so nahm ich auf der Calea Victoriei, wo ich wohnte, ein Taxi und bat den Fahrer, mich zu diesem Museum zu fahren. Er nickte und düste los. Mit seinem Rauschbart und seiner schief sitzenden Rappermütze wirkte er wie ein durchgeknallter orthodoxer Priester. Nach ungefähr fünf Minuten Fahrt fragte er mich stirnrunzelnd, wo dieses Literaturmuseum denn genau liege.

»Nun ja, irgendwo im Zentrum«, erwiderte ich und nannte ihm noch einmal die Adresse: »Boulevard Dacia, 12.«

»Boulevard Dacia 12, ist klar«, sagte der Fahrer. »Aber wo genau liegt das?«

Ich zuckte überfordert mit den Schultern, was zu heftigen Irritationen führte.

»Wieso steigen Sie denn überhaupt in ein Taxi, wenn Sie gar nicht wissen, wo Sie eigentlich hin möchten«, schimpfte der Fahrer. Dann wendete er sich von mir ab, griff zu seinem Handy und begann mit einem Kollegen zu telefonieren.

Es folgte ein heftiges, emotional geprägtes Streitgespräch über die von mir genannte Adresse, in dem sich die zwei Kollegen, die ihnen beruflich dringend empfohlene Orientierungsfähigkeit gegenseitig aberkannten. Ich erlebte wahrhaftig viele Minuten voller knisternder Spannung, denn der dahinrasende Fahrer hielt das Handy in der linken Hand, während er sich mit der Rechten beim Passieren jeder einzelnen Kirche dreifach bekreuzigte. Und seit dem Sturz des Diktators hatte man hier, weiß Gott, eine Menge Kirchen gebaut.

Ich begann stumm vor mich hin zu beten, was offensichtlich half. Der Taxifahrer beendete urplötzlich das Gespräch, und wie die Busfahrer meiner Kindheit, die ich so sehr bewunderte, packte er souverän das Lenkrad mit beiden Händen, wendete hastig um 180 Grad und fuhr in die entgegengesetzte Richtung. Und schon waren wir nach nur einer weiteren halben Stunde vor dem Literaturmuseum angelangt. Es lag praktisch in unmittelbarer Nähe unseres Ausgangspunktes.

Ich bezahlte und bedankte mich für die lange Irrfahrt.

Das Ganze hatte zwar etwas länger gedauert, aber was soll's. Ich habe dadurch viele abgelegene Stadtteile Bukarests kennen gelernt, wenn auch nur flüchtig. Ich muss unbedingt bald wieder dort hin reisen, um sie mir etwas genauer anzuschauen.

48

Im Alter von drei Jahren war ich beim Betrachten der Erdkugel fest davon überzeugt, die Menschen in Australien oder Argentinien würden mit dem Kopf nach unten und den Beinen nach oben durch die Gegend laufen, und das fand ich ganz prima. Wie gerne hätte auch ich dort gelebt.

Mit der Zeit wird man aber leider immer realistischer und als ich im letzten Mai Buenos Aires besuchte, musste ich endgültig zugeben, dass ich einem Trugschluss erlegen war, und es überall auf der Welt gleich aussieht. Oder mindestens zum Teil. Es mag zwar stimmen, dass die Argentinier genauso wie wir Europäer auf eine furchtbar monotone Art mit den Beinen nach unten auf dem Boden stehen, dafür üben sich jedoch bei ihnen wenigstens die Jahreszeiten im Kopfstand, wenn wir hier Frühling haben, ist in Buenos Aires Herbst.

Die südamerikansiche Metropole genoss in diesem Mai einen wunderbaren, nostalgischen Herbst, der die tausende und abertausende von riesigen Bäumen empor geklettert war, deren Blattwerk regenbogenartig an jeder Ecke und Kante explodierte. Ich habe in keiner anderen Stadt der Welt so viele Bäume gesehen, Ast an Ast überwucherten sie nicht nur die unzähligen Parkanlagen, sondern auch die Straßen. Und ich fühlte mich in Buenos Aires bisweilen schon fast wie in der alten Heimat, denn die Gehwege waren immer wieder schwer beschädigt, wie in Bukarest oder Temeswar. Aber das machte mir nichts aus, denn die Stolpergefahr war in der argentinischen Metropole für mich ausgeschlossen. Am Rio de la Plata war ich derart glücklich, dass ich auf der Straße nicht lief, sondern förmlich schwebte.

Die Menschen waren allseits offen und immer zu einem Schwätzchen aufgelegt und das dem Rumänischen so ähnliche Spanisch klang quicklebendig und wie süßer Honig in meinen Ohren.

Como le va, señor?

Todo bien?

Dem Schönen begegnete ich in Buenos Aires auf Schritt und Tritt, zum Beispiel in La Recoleta, ein intensiv an Paris erinnerndes Stadtviertel oder in San Telmo oder La Boca, wo man auf der Straße genialpathetisch und elegant-akrobatisch Tango tanzte. Und ja, nur in Bukarest habe ich bisher so viele schöne Frauen pro Quadratmeter gesehen, wie in Buenos Aires, und alle lächelten sie wie in Bukarest, enigmatisch. An sie wird Jorge Luis Borges wohl gedacht haben, als er schrieb: ›Die Schönheit ist ein Geheimnis, das weder die Psychologie noch die Rhetorik zu entziffern vermögen.‹

Und apropos Borges, dieser Schriftsteller unter Schriftstellern, Gelehrter unter Gelehrten, Polyglott unter Polyglotten, und ewiger Bewohner nicht nur der universellen Bibliothek, sondern auch dieser Stadt:

Als ich durch das alte pittoreske Boheme-Viertel Palermo Viejo flanierte, vielleicht der magischste Teil dieser Stadt, mit in den letzten Jahren nach und nach renovierten, künstlerisch bemalten Häusern, schlenderte ich zuerst die Hauptstraße entlang, die heute den Namen des großen Schriftstellers trägt. Im roten Backsteinhaus mit der Nummer 2135 verbrachte er zwischen 1901–1914 seine Kindheit, wie eine Gedächtnistafel verkündete.

Emigranten aus Polen, Armenien, der Ukraine, Spanien, Italien oder Deutschland siedelten sich zu jener Zeit in diesem Viertel an. Ihre Söhne leben auch heute noch dort und ein internationales, babylonisches Flair prägt die unzähligen Lokale. In dem Café mit dem wunderbaren Namen *Utopia*, nicht weit vom Borges-Haus, wurde mir der Espresso von Rainer Hintze serviert, dessen Vater in den 40ern von Hamburg nach Buenos Aires gekommen war, mit leeren Taschen. »Schlaf gut!«, sagte Rainer zu mir und lachte. Es seien die einzigen deutschen Wörter, die er beherrsche, erklärte er mir auf Spanisch, sein Vater habe sie früher immer vor dem Zubettgehen zu ihm gesagt.

Die Calle Borges mündete, wie es sich literarisch gehörte, in der Plaza Julio Cortázar. Cortázar genoss es, vor seinem Pariser Exil immer wieder hier her zu kommen, erzählt mir Emiliano im Café *Déjà vu*. Ja, die Literatur ist hier allgegenwärtig, und nur einen Katzensprung entfernt entdecke ich danach auf der Avenida Honduras eine der schönsten Buchhandlungen, die ich je gesehen habe. Sie heißt *Eterna cadencia, Ewige Kadenz*, und nicht lediglich dieser Name, aber auch die Arabesken und die riesige Windrose über der Eingangstür sind pure Poesie. Die Buchregale reichen bis zur haushohen Decke, und beim Durchstreifen der ineinander übergehenden, labyrinthischen Räume mit Büchern wird mir klar, dass nicht bloß das Paradies eine Bibliothek ist, wie Borges behauptete, sondern auch diese Buchhandlung.

Plötzlich sehe ich meine Landsmännin Herta Müller, die entspannt auf einem Büchertisch liegt, zwischen Tschechow und Kafka. ›El hombre es un gran faisan en el mundo‹, behauptet sie in ihrem Romantitel. Der Mensch ist ein großer Fasan auf der Welt. Genau. Und die Welt ist erstaunlich klein, und wir stehen einander näher als wir denken.

Auf einmal fällt mir ein Freund aus Bukarest ein, und ich frage den Buchhändler, ohne allzu große Hoffnungen auf Erfolg:

»Es gibt einen rumänischen Schriftsteller, der heißt Cărtărescu. Kennen Sie ihn?«

»Mircea?«, meint der Buchhändler prompt.

»Ja, Mircea«, sage ich und kichere.

Der Buchhändler steigt eine Leiter hoch und kommt mit einem Buch Mircea Cărtărescus zurück, ›El ruletista‹, ›Der Roulettspieler‹. Ich bitte ihn, es hoch zu halten und mache ein Foto.

Beim Verlassen der Buchhandlung denke ich an das, was Borges im Alter sagte, nach dem Verlust seines Augenlichts: »Es gibt etwas Magisches in meinem Leben: Ich fahre fort, Bücher zu kaufen. Ich kann sie zwar nicht lesen, doch ihre Anwesenheit hilft mir weiter… Diese stille mich umgebende Schwerkraft, einfach nur zu spüren, dass sie da sind.«

Als ich Buenos Aires mit zwölf neuen Büchern im Koffer verlasse, muss ich leider eine ziemlich hohe

Gebühr entrichten, wegen Übergepäck. Die Welt steckt voller Ignoranten: Die Frau am Check-in-Schalter versteht überhaupt nichts.

49

Aus Buenos Aires fliege ich über Caracas in Venezuela nach Havanna, von wo ich wiederum direkt nach der Ankunft mit einem blauen Touristenbus der *Linea Azul* in den 80 Kilometer entfernten Ort Matanzas fahre, um dort meinen alten Freund Armando zu besuchen. Ich wundere mich ungemein, als ich auf dem Dach seines Hauses eine Obstschüssel mit Papaya-, Mangofrüchten und Kokosnüssen entdecke. Andere Länder, andere Sitten, denke ich. Wenn man in Deutschland mit Obst oder anderen Agrarprodukten protzen möchte, dann stellt man sie nicht auf dem Dach aus, sondern beim Erntedankfest vor dem Haus. Aber als ich Armando auf diesen Kulturunterschied anspreche, erklärt er mir im Flüsterton und sich nach allen Seiten umblickend, hier gehe es gar nicht um eine Obst-, sondern um eine Satellitenschüssel. Zumal die kubanische Regierung das Anbringen von Parabolantennen verboten habe, um den Empfang von giftigen TV-Sendern aus den USA zu verhindern, hätte er seine Antenne als Obstschüssel getarnt. Nun bleibe ihm nur noch zu hoffen, die staatlichen Kontrolleure bekämen keinen Appetit auf seine Früchte.

Drei Tage später in La Habana Vieja, der Altstadt Havannas, fühle ich mich an meine Jugend im Rumänien der 70er erinnert, denn an jeder Straßenecke steht ein Polizist. Die kubanischen Polizisten sind sehr pflichtbewusst, sie verteidigen die Errungenschaften der Castro-Revolution. Das sei aber gewiss kein Honigschlecken, wie mir die kubanischen Nicht-Polizisten, mit denen ich spreche, hinter vorgehaltener Hand zuflüstern, weil es diese Errungenschaften überhaupt nicht gebe. Die Auswirkungen der Revolution empfinden die heutigen Kubaner eher als schwere Last, doch verehren sie immer noch das Antlitz Che Guevaras, da es sich in Form von T-Shirts an Touristen gut verkaufen lässt.

Eines Abends befinde ich mich auf der Calle Obispo, der wichtigsten Altstadtstraße Havannas. Es gibt dort zahlreiche Musikkneipen, aus denen heiße Karibik-Rhythmen auf die Straße dringen, und vor dem Musiklokal mit dem märchenhaften Namen *Lluvia de oro* (Goldregen) kontrolliert ein übellauniger Polizist gerade den Ausweis eines jungen Mannes mit einer bunt gestreiften über die Ohren gezogenen Häkelmütze. Und bevor er ihn ziehen lässt, löchert er ihn noch eine Weile mit Fragen.

Ich habe nun auch eine Frage und so nähere ich mich dem immer noch grimmig dreinschauenden Polizisten, der meinem Blick ausweicht.

»Disculpe, senor, tengo un problema«, sage ich. »Sorry, ich habe ein Problem.«

Jetzt sieht er mich misstrauisch an. Was bin ich denn für einer? Er würde wohl gerne auch meinen Ausweis sehen, aber ich bin offenbar ein Tourist, und

Touristen hat man laut Dienstanweisungen in Ruhe zu lassen.

»Donde esta la luna, por favor?«, sage ich. »Könnten Sie mir bitte sagen, wo der Mond ist?«

La luna? Ob es sich hier um eine Adresse handele, fragt er, er kenne diese Straße nicht.

Nein, es gehe um den Mond und um nichts anderes, la luna, den Mond oben am Himmel, sage ich und zeige nach oben. Den könne ich überhaupt nicht finden.

Er schaut mich etwas verwirrt an, womöglich zweifelt er nun an meinen Verstand. Oder möchte ich ihn etwa auf den Arm nehmen? Aber da ich weiterhin ernst bleibe und beharrlich nach oben weise, folgt sein Blick endlich meinem Zeigefinger.

Der zauberhafte, schwarzblaue, sternenübersäte Himmel der Havanna-Nacht ist zwar in seiner unendlichen Weite vorhanden, aber der schöne havanesische Mond fehlt in der Tat ganz und gar. Mit halboffenem Mund und in den Nacken gelegtem Kopf tastet der Polizist den Himmel mit dem Blick sorgfältig ab, doch seine Suche bleibt auch weiterhin erfolglos. Aber ein kubanischer Polizist lässt sich nicht so einfach aus dem Konzept bringen. Er greift entschlossen zum Funkgerät, das an seinem Gürtel neben der Pistole und den Handschellen befestigt ist, und wie ich seinem rauen, zackigen Befehlston entnehme, beginnt er nun mit einem Untergebenen zu telefonieren.

»Hola. Donde esta la luna?«, sagt er schroff in den Hörer.

Es folgt eisiges Schweigen.

Hola, sagt der Polizist wieder. Estas aun aqui? Bist du noch dran? Und? Wo ist er? Wie welcher Mond? Der Mond.

Es dauert nicht lange, bis der andere sich wieder zurückmeldet.

Aha, sagte der Polizist trocken. Okay. Und legt auf.

Dann wendet er sich wieder mir zu: Es gehe in diesem Fall um la luna muerta, den toten Mond. Es gebe immer wieder einige wenige Tage, wo der Mond unsichtbar sei, er sei dann praktisch wie tot.

Ich bedanke mich für diese Erklärung und kehre anschließend in *Lluvia de oro* ein, wo eine kubanische Musikgruppe, *Los Bandoleros,* den Gästen mächtig einheizt. Ich setze mich an einen Tisch mit zwei jungen, dunkelhäutigen Paaren und bestelle mir einen Mojito. Die zwei Paare prosten mir fröhlich zu, bevor sie sich auf die Tanzfläche stürzen. Nun bin ich allein geblieben. La luna muerta, geht es mir immer wieder durch den Kopf, la luna muerta. Dann fällt mir der ratlose Polizist am anderen Ende der Leitung ein. Würde er nun dienstlichen Ärger bekommen?

Los Bandoleros nicht weit von mir wiederholen immer wieder das gleiche Motiv, bis sie in Trance geraten. Sie spielen als gäb's keinen Morgen mehr: Der eine prügelt wie wild auf das Schlagzeug ein, der andere schüttelt wie besessen die Maracas, der dritte trommelt ekstatisch auf der Conga, während der Trompetenspieler sich die Lunge aus dem Leib pustet. Dann singen sie alle zusammen, wie aus einem Mund:

Al cuarto de Tula, le cogió candela.
Se quedó dormida y no apagó la vela.

Oder auf gut Deutsch:

Tulas Zimmer ist in Brand geraten,
Sie schlief ein und löschte die Kerze nicht aus.

Na bitte, denke ich. Da haben wir schon wieder den Salat. Alles gerät hier langsam aber sicher außer Kontrolle. Die Leute sind unzufrieden, der Mond verschwindet ohne Wissen der Polizei, und nun brennen auch noch die Wohnungen.

50

Wenn sie das Glück hatte, in der Metzgerei Fleisch zu bekommen, bereitete meine Mutter sonntags meist Schweineschnitzel mit Kartoffelpüree zu, und zwar auf der Kochplatte eines mit Holz befeuerten so genannten ›Sparherds‹. Da ich zweisprachig aufwuchs, fiel mir schon als Kind auf, dass das besagte ›Schnitzel‹, beziehnungsweise das ›Kartoffelpüree‹ wie auch der Sparherd mit minimalen phonetischen Abweichungen auch auf Rumänisch so hießen, nämlich ›şnitzel, pire de cartofi und şpoherd‹. Die Wäsche bügelte meine Mutter damals mit einem heiß glühenden Kohlebügeleisen, im rumänischen Dialekt des Banats ›piglais‹ genannt, und wenn einem Rumänen etwas prima gefiel, dann rief er begeistert: ›Zeiss!‹

Das war freilich nicht als spontane Werbung für eine Optikprodukte-Firma aus Jena gedacht, der Begriff ›Zeiss‹ stellte einfach nur ein Synonym für eine 1a-Leistung dar, und so sieht man, wie die deutsche Sprache die rumänische verschiedentlich aufpeppte.

Es ging aber natürlich auch in die andere Richtung, also wenn ich in der Familie oder mit einigen

Spielkameraden Deutsch sprach, klang das bisweilen eher nach einem komischen Esperanto, da sich die überall auf der Straße lauernden rumänischen Vokabeln schlagfertig in die deutsche Alltagssprache einschlichen.

Deutsch und die osteuropäischen Sprachen haben schon immer eifrig miteinander kommuniziert, noch lange bevor man in Brüssel über das vereinte Europa debattierte. Und die linguistische Erweiterung erstreckte sich nicht nur von Westen nach Osten, sondern auch in die andere Richtung, denn das gefräßige Deutsch hat sich im Laufe der Zeit nach und nach jede Menge östliche Vokabeln einverleibt.

Denkt man zum Beispiel an heiße ungarische Sprachspuren im Deutschen, dann fallen einem nicht nur die feurige Julischka aus Buda-buda-pest ein, und Liselotte Piroschka-Pulver, sondern auch der ›Csardas‹, der ›Gulasch‹, und die tiefrote, scharfe ›Paprika‹, so dass es einem dabei ganz operettenhaft-heiß ums Herz wird. Für russische Wörter im Deutschen gibt es beinah so viele Beispiele wie es Sand am Kaspischen Meer gibt, von Laika bis zur Balalaika, vom Sputnik bis zum Samowar, und von der Troika bis zur Perestroika. Auch das tschechische Wort ›Trabant‹ (Begleiter) prangt fröhlich wie Karel Gott im deutschen Duden, und darüber hinaus stand es 1957 sogar Pate für ein hochgeschätztes DDR-Auto, über das sich Spötter jedoch bis heute lustig machen, nur weil es die Höchstgeschwindigkeit erst beim Abgeschlepptwerden zu entfalten vermochte.

Aber zurück zur Sprachwissenschaft. Eine überaus kräftige, nicht wegzudenkende osteuropäische Vokabel im Deutschen ist ›Wodka‹. Das semantisch hochkarätige, oder besser gesagt hochprozentige Wort stammt aus dem Russischen und bedeutet soviel wie Wässerchen, es ist also eine Verniedlichungsform des russischen woda für Wasser. Aber das stimme ja gar nicht, behaupten die Polen, seinen Ursprung finde der Wodka in ihrem Land, denn im Polnischen heiße Wasser ja auch ›woda!‹

Wo liegt nun die Wahrheit? Man könnte lange darüber streiten, aber lohnt sich das? Macht es sich da nicht viel besser mit einem Glas Wodka auf die europäische Freundschaft anzustoßen? Prost! ›Na sdarowje! Noroc!‹

›Dawaj, dawaj‹, lasst uns ›Briderschaft‹ trinken! Und runter mit dem Zeug!

51

Der unter akutem Größenwahn leidende Diktator kam Anfang der 70er einmal auch nach Reschitz auf Besuch. Der Weg der präsidialen Autokolonne führte durch verarmte Banater Dörfer, vorbei an den von Dürre gezeichneten Obstbäumen und ausgetrockneten Mais- und Weizenfeldern, die auf den ersten Blick aber ganz prächtig aussahen. Zumal der Besuch bereits ein paar Wochen vorher angekündigt worden war, hatte man keine Mühe gescheut, den irren Präsidenten in seinem festen Glauben zu bestätigen, er habe durch seinen genialen Führungsstil das Paradies auf Erden geschaffen: An die ausgetrockneten Apfelbäumen am Wegesrande hatte man mit dünnen, unsichtbaren Fäden rotschimmernde Riesenäpfel gebunden, und die ersten zwei, drei Reihen der mickrigen Maispflanzen, die an die Straße grenzten, hatte man hektisch herausgerissen, um sie durch hochgewachsene, unter der Last der prächtigen Kolben sich biegende Maispflanzen zu ersetzen. Die in Nationaltracht erschienenen Bauern wiederum tanzten fröhlich auf den Straßen und winkten dem genialen Führer auf seiner Durchfahrt begeistert zu, wehe, sie hätten es unterlassen.

Diese künstlich-grotesken Kulissen waren jedoch nichts Neues, sie hatten eine lange Geschichtstradition hinter sich. Feldmarschall Potjomkin hatte sie bereits zu Zeiten Katharinas II. zum ersten Mal mit Erfolg aus dem Boden gestampft, und man nennt sie daher auch heute noch potemkinsche Dörfer. Ein potemkinsches Dorf steht also für etwas Großartiges, fein Herausgeputztes, dem es aber an jeglicher Substanz fehlt. Man braucht sich bloß die Politikerreden im Bundestag anzuhören, und schon weiß man, was damit gemeint ist. Und da wir gerade bei den etwas anderen Dörfern sind, dürfen wir die böhmischen Dörfer partout nicht vergessen. Wenn man wie der Ochs vorm Berg steht, trübe dreinschaut und über etwas sagt: »Das ist mir ein böhmisches Dorf«, dann meint man nichts anderes, als dass diese Sache einem völlig unverständlich ist. Der Dichter Christian Morgenstern schickte bereits im 19. Jahrhundert seine wundersame Figur Palmström auf die Reise in ein böhmisches Dorf:

Palmström reist, mit einem Herrn v. Korf,
in ein sogenanntes Böhmisches Dorf.
Unverständlich bleibt ihm alles dort,
von dem ersten bis zum letzten Wort.

Tja, so ist das eben, man kann nicht absolut alles verstehen. In Deutschland spricht man in solchen Fällen eben vom böhmischen Dorf, in Böhmen selbst sprechen die Tschechen, denen etwas nicht einleuchtet, vom spanischen Dorf, španělská vesnice. Auch mir kommt immer wieder so manches Spanisch vor. Oder wie die Engländer sagen: »It's Greek to me.« Es kommt mir griechisch vor. Den Polen wiederum ist vieles Chinesisch, also ›po chinsku‹.

In einer globalen, zunehmend von Computern regierten Welt kapieren alle immer häufiger gar nichts mehr, aber dann halt jeder auf seine Weise. So fuhr ich mit meiner fünfjährigen Enkelin Isabelle im letzten Sommer durch die Bourgogne in Richtung Provence. Im französischen Straßenverkehr gibt es einige Besonderheiten, zum Beispiel, wenn man per Verkehrsschild an eine Geschwindigkeitsbegrenzung erinnert wird, steht am Wegesrand unter der erlaubten Höchstgeschwindigkeit meist auch das Wort Rappel. Das heißt zur Erinnerung. Ganz still saß Isabelle auf dem Rücksitz des Autos, als sie mich plötzlich fragte: »Was steht dort?«, und auf ein Verkehrsschild, an dem wir gerade vorbeifuhren, zeigte. »Rappel.« Alle paar Minuten zeigte sie auf ein neues Verkehrsschild am Wegesrand: »Was steht dort?« »Rappel.« »Was steht dort?« »Rappel.« »Das ist aber ein großes französisches Dorf«, wunderte sie sich. »Wir fahren schon so lange und befinden uns immer noch in Rappel.«

Brautigan 4

Im März 1994 ließ der 17jährige Peter Eastmann Jr. aus Carpinteria, Kalifornien, seinen Vor- und Nachnamen amtlich ändern, auf Trout Fishing in America – Forellenfischen in Amerika. Der Grund dafür war, dass auch die Hauptfigur in Brautigans erstem Roman, der ebenfalls ›Forellenfischen in Amerika‹ hieß, diesen einmaligen, heiteren Namen trug.

Obwohl ich mich bisweilen zwar immer noch wie in den 80ern bis zur Selbstaufgabe mit dem chaotischen, sich in Tagträume flüchtenden Privatdetektiven C. Card aus Brautigans ›Träume von Babylon‹ identifiziere, habe ich den Namen Jan Cornelius bis heute hartnäckig beibehalten.

Unter diesem Namen habe ich in den letzten Jahren einige Satire- und Kinderbücher veröffentlicht, letztere schrieb ich nicht nur für Kinder, sondern auch für mich. Man gönnt sich ja sonst nichts.

In einer dieser Geschichten begrüßt man sich abends mit »Guten Morgen« und umgekehrt, denn die Menschen, die darin vorkommen, haben eine große Wahrheit herausgefunden: Die Zeit ist nicht das, was man auf der Uhr abliest, und auch nicht das, was im

Kalender steht. Die, die in die Vergangenheit reisen, kommen in der Gegenwart an, und die in die Zukunft Reisenden in der Vergangenheit.
Die Vögel fliegen in dieser Geschichte rückwärts und die Menschen sowohl rückwärts als auch vorwärts, indem sie ganz locker mit den Armen wedeln. Und es gibt überhaupt keinen Stress. Denn bei den täglichen Wettrennen, an denen absolut jeder teilzunehmen hat, geht immer nur derjenige als Sieger hervor, der als letzter die Ziellinie überquert. Alles in dieser Geschichte ist auf den Kopf gestellt, zur allgemeinen Zufriedenheit aller Beteiligten. Der Osten liegt im Westen, der Süden im Norden, und wenn einem die frisch gekochten Spaghetti vom Teller auf den Teppichboden fallen, dann braucht man sie von dort nicht zu entfernen, weil sie todsicher an der Decke kleben.
Isabelle liebt diese Geschichte, was auch kein Wunder ist, denn Kinder haben ein perfektes Gespür für das Glück.
Auch habe ich in den letzten Jahren einige Gedichte verfasst, allerdings für Erwachsene. Im Gegensatz zu den Kindergeschichten entwerfen sie keine Utopien, sie setzen sich ganz unverhüllt mit der harten Realität und den verheerenden Auswirkungen der Schwerkraft auseinander. Eins dieser Gedichte geht so:

»Das Pferd unter dem Reiter
kommt bis zum Ziel und weiter.
Der Reiter unterm Pferd
wohl nicht, er macht's verkehrt.«

Ich bin in meinem Leben wohl auch schon einige Male unter dem Pferd geritten, und auch ganz ohne Pferd. Das pferdlose Reiten hat mich in kritischen, vermeintlich ausweglosen Situationen immer ein gutes Stück weiter gebracht, und ich möchte es daher jedem, der meint, sein Leben stecke in einer hoffnungslosen Sackgasse, dringend ans Herz legen.

Nachwort

Da ich aus Rumänien stamme, werde ich immer wieder gefragt, ob ich Graf Dracula nicht vielleicht persönlich kennen würde oder ob ich nicht womöglich sogar blutsverwandt mit ihm sei. Auch vermuten einige Leute, ich sei so eine Art Vampir-Experte, und man stellt mir diesbezüglich die verrücktesten Fragen. Denn in Deutschland und darüber hinaus in ganz Westeuropa verbindet man Rumänien meistens automatisch mit dem Schlagwort Dracula, der ja angeblich ein berühmter Vampir gewesen sein soll.

In meinen Anfangsjahren in Deutschland war ich ganz amüsiert über das besondere Interesse, das ich bei meinen neuen Bekanntschaften meistens spontan weckte, doch nun, nach 35 Jahren Bundesrepublik machen mich diese immerfort auftauchenden Verbindungen mit Dracula ziemlich müde. Im Klartext gesagt, sie gehen mir beträchtlich auf den Geist, denn ich bin es leid, in einem fort mit einem Vampir in Verbindung gebracht zu werden.

Nun frage ich mich allen Ernstes: Woran mag das Ganze liegen? Und ich finde bloß eine Erklärung dafür: Die meisten Leute hier im Westen sind wohl, wenn es um Vampire geht, derart naiv, dass sie Fiktion und Realität völlig durcheinander bringen. Daher möchte ich ein für allemal folgendes klarstellen:

Dracula ist eine vom irischen Schriftsteller Bram Stoker erfundene Romanfigur. Seine Haupteigenschaften sind diese: Er hat lange Eckzähne, kein Spiegelbild, ernährt sich von Blut, kann Knoblauch nicht ertragen und fürchtet das Sonnenlicht. Der von ihm Gebissene verwandelt sich selbst in einen Vampir, versucht jedoch seine Identität um jeden Preis zu verleugnen. Von Murnau bis Herzog taucht dieser Fürst der Dunkelheit in zahlreichen Filmen auf, doch gehört dies alles selbstverständlich zum Reich der blühenden Fantasie und damit basta.

Es gibt also keinen realen Dracula, denn wenn es einen geben würde, dann wäre ich ihm, der ich ja ganze 27 Jahre in Rumänien lebte, selbstverständlich begegnet.

Okay, mein Zuhause befand sich im Banat, Graf Dracula soll jedoch in Transsilvanien, also jenseits der Karpaten sein blutrünstiges Unwesen getrieben haben. Das heißt aber noch lange nichts. Ich machte zwar in der 11. Klasse, in dem Sommer, als ich John Lennon war, einen Motorradausflug mit meinem Vater durch Transsilvanien, doch bis auf die winzige, nicht erwähnenswerte Bissnarbe am Hals und die erfreuliche Tatsache, dass mir seit damals meine etwas zu lange Nase nichts mehr ausmacht, weil ich mich im Spiegel nicht mehr sehen kann, ist diese Reise ohne jede Art von Folgen für mich geblieben. Na schön, ich meide seit damals strengstens den Knoblauch, doch tue ich das nur, weil er Mundgeruch verursacht, und wenn ich in Panik vor dem Sonnenlicht flüchte, dann ist dies lediglich der gefährlichen UV-Strahlen wegen.

Also zum Schluss noch einmal für all diejenigen, die mir andauernd diese unsinnige Dracula-Frage stellen: Es gibt keinen Grafen Dracula und es gibt auch keine Vampire. Immer wieder danach zu fragen ist Unsinn. Allein schon, wenn ich so etwas höre, kriege ich lange Zähne und ich verspüre den übermächtigen Drang, dem Fragesteller tief und lang anhaltend in die Kehle zu beißen.

Anmerkungen zu im Text vorkommenden Personen:

Brautigan, Richard

(* 30. Januar 1935 in Tacoma, Washington; † September 1984 in Bolinas, Kalifornien), Amerikanischer Schriftsteller, erlangte in den 1970ern Kultstatus in den USA. Zahlreiche Romane und Gedichtbände. Sein Werk beeindruckt zutiefst durch augenzwinkernde Ironie, poetische Sprachreduzierung und vermeintliche Naivität.

Cărtărescu, Mircea

(*1. Juni 1956 in Bukarest), Rumänischer Schriftsteller, gilt als einer der Favoriten für den Literaturnobelpreis. Romane, Gedicht- und Erzählbände, Essays, Journalismus. Wegen seiner harten Kritik des neuen Nationalismus und der Regierungsmachenschaften im heutigen Rumänien, wurde er wiederholten Verleumdungskampagnen ausgesetzt. Lebt in Bukarest.

Ohnemus, Günter

(*29. Januar 1946 in Passau), Deutscher Schriftsteller und Literaturübersetzer aus dem Amerikanischen. Romane, Kurzgeschichten, Essays. Ohnemus übersetzte ins Deutsche das Gesamtwerk Richard Brautigans und gründete in den 1970ern einen Eigenverlag, um es zu verlegen. Lebte früher in München, heute wohnhaft in Freising.

Tănase, Virgil

(*16. Juli 1945 in Galatz), Rumänisch-Französischer Schriftsteller und Theater-Regisseur. Protestierte offen gegen Ceauşescus Diktatur, ging 1977 nach Frankreich ins Exil. Lebt und arbeitet in Paris.

Vianu, Ion

(*15. April 1934 in Bukarest), Rumänischer Psychiater und Schriftsteller. Er war einer der wenigen rumänischen Intellektuellen, die ihre Stimme offen gegen die Diktatur erhoben. 1977 ging er ins Exil in die Schweiz. Nach dem Fall des Diktators 1989 kehrte er in die Heimat zurück.

Vişniec, Matei

(*29. Januar 1956 in Radautz), Rumänisch-Französischer Schriftsteller. Ging 1987 ins Exil nach Frankreich, lebt seitdem in Paris. Matei Vişniec schrieb zahlreiche weltweit aufgeführte absurde Theaterstücke. Romane, Gedichtbände, Essays.

Rumänische Schriftzeichen und deren Aussprache:

/ ă /: entspricht in der Aussprache dem unbetonten Endungs-e wie etwa in Klasse
/ î /: entspricht in etwa dem deutschen »y«
/ ş /: entspricht dem deutschen »sch«
/ ţ /: entspricht dem deutschen »z«

Inhaltsverzeichnis